Kim Marc Alexander Weßeling

Der Drachenorden

Das Portal der Untoten

AF191716

Kim Marc Alexander Weßeling

Der Drachenorden

Band 3

Das Portal der Untoten

Drittes Buch der Nekron-Trilogie

Bibliografische Information Der Deutschen Bibliothek:

Die Deutsche Bibliothek verzeichnet diese Publikation in der Deutschen Nationalbibliografie; detaillierte bibliografische Daten sind im Internet über: <http://dnb.ddb.de> abrufbar.

© 2009 Kim Marc Alexander Weßeling

Herstellung und Verlag: Books on Demand GmbH, Norderstedt

Umschlagfoto: PixelQuelle.de

ISBN: 9783837071443

http://kmawesseling.2page.de

Kapitel 1

*A*dmiral Haydens Geschwader steht in Angriffsposition vor Borsty. In einer halben Stunde werden seine Schiffe, synchron mit den anderen beiden Flottenteilen, die an anderen Aufmarschpunkten warten, das Nekron-Imperium angreifen. Gespannt warten alle Piloten auf den Startbefehl.

Auf der *Vendetta* findet eine letzte Einsatzbesprechung der Führungsoffiziere statt. Admiral Orrik und General Leisman sind, wie auch Admiral Hayden, über gestohlene Pläne des Planeten und Aufzeichnungen über die Fabrik gebeugt.

Der Geheimkomplex des Blutkaisers, in dem die Fabrik untergebracht ist, wird von einem Energiefeld geschützt, und mehrere Legionen seiner schwarzen Sturmtruppen sind um den Komplex herum stationiert. Wegen der üblichen Risiken sind die Schildgeneratoren allerdings außerhalb des Komplexes untergebracht, und damit auch außerhalb des schützenden Energiefeldes. Doch sind sie trotzdem nicht ungeschützt. Es wird von der Allianz angenommen, dass auch die Generatoren von Sturmtruppen schwer bewacht werden. Als die drei Offiziere die Lage analysiert haben, gibt Pargon letzte Befehle für den bevorstehenden Angriff.

„Leisman, setzen Sie Feuergolems ein und greifen Sie als Erstes die Schildgeneratoren an. Dafür sollten fünf Feuergolems und eine Legion Druidenkämpfer genügen. Ihre restlichen Leute und die imperiale Garde sollen den Komplex stürmen und nach Ausschaltung des Schildes die feindlichen Truppen vernichten und den Komplex einnehmen. Von den Technikern und Magiern, die in der Fabrik arbeiten, will ich so viele Gefangene wie möglich..."

Dann wendet er sich an den Admiral, den Befehlshaber der Jagdstreitkräfte.

„Orrik, Ihre Leute fliegen Luftschutz für General Leisman. Lassen Sie Ihre Leute auf feindliche Truppen feuern und alle feindlichen Jäger vom Kampfschauplatz fernhalten. Die Kreuzer und Zerstörer werden sich um die feindliche Flotte kümmern. Jeder von Ihnen beiden wird bei seinen Leuten an der Front sein. Ich koordiniere die Schlacht von der *Vendetta* und kommandiere die Großkampfschiffe."

Die beiden Offiziere blicken den Imperator an und nicken zustimmend. Beide haben gemischte Gefühle bezüglich der bevorstehenden Schlacht, aber sie vertrauen dem strategischen Geschick Ihres Oberkommandierenden, der seit Gründung der Allianz zwischen Hadon-Imperium und Republik der Druiden noch keine Schlacht verloren hat. Sie wollen gerade den Kartentisch verlassen, da der Angriff in wenigen Minuten beginnen soll, doch Admiral Hayden hält sie zurück.

„Einen Moment noch. Ich habe Ihnen noch etwas zu sagen. Wenn einer von Ihnen Probleme mit Blutkaiser Cyclon oder einem seiner Schüler

6

bekommen, oder auch nur einen von Ihnen entdecken, dann rufen Sie mich sofort. Die drei will ich selbst übernehmen. Da uns zu wenige Magier zur Verfügung stehen, würden Sie ohnehin nicht mit Ihnen fertig."

Die beiden antworten wie aus einem Mund.

"Jawohl, Sir."

Dann entlässt Pargon die beiden Offiziere.

"Gehen Sie nun zu Ihren Schiffen. Der Angriff beginnt in wenigen Minuten. Mögen die Kraft des Drachen und auch die Macht der Natur mit Ihnen sein."

Beide Offiziere salutieren und verlassen den Besprechungsraum. Kurze Zeit später verlässt auch Pargon den Besprechungsraum, um zur Brücke zu gehen. In fünf Minuten wird er das Zeichen für den Angriff geben. Durch die Gänge des Schlachtschiffs hallt plötzlich ein Aufruf des Captains.

"Achtung, Achtung. Admiral Hayden, bitte auf die Brücke. Wir haben eine Nachricht von Admiral Gorn für Sie!"

Pargon geht auf dem Weg zur Brücke weiter, nur ein wenig schneller als zuvor. Denn vielleicht hat der alte Admiral dringende Neuigkeiten für ihn. Eine Minute später ist er auch schon auf der Brücke angekommen. Der Captain der *Vendetta* stürzt auch sofort auf ihn zu.

"Sir, wir müssen den Angriff um zehn Minuten verschieben, weil das Geschwader von Admiral Leon Verspätung hat. Und wenn wir nicht vorzeitig entdeckt werden wollen, dann müssen wir uns vorerst weiter von Borsty zurückziehen. Es gibt hier zu viele Patrouillen des Nekron-Imperiums. Wenn

7

wir entdeckt werden, ist vielleicht alles aus. Die Angriffe müssen, wie Sie ja selbst befohlen haben, unbedingt synchron gestartet werden. Darf ich den Position zum Rückfallen auf eine Warteposition geben, Sir?"

Pargon nickt.

„Natürlich, Captain. Geben Sie den Bef…"

Durch eine starke Erschütterung des Schlachtschiffs wird Pargon unterbrochen. Er selbst und auch der Captain werden, wie alle anderen Besatzungsmitglieder auf der Brücke, die nicht sitzen, von den Füßen gerissen. Der Captain knallt mit dem Kopf gegen einen Stützpfeiler und bleibt bewusstlos liegen. Pargon hingegen rappelt sich bald wieder auf und schüttelt benommen den Kopf, während Alarmsirenen durch das Schiff hallen. Er ruft einen Commander zu sich.

Mit einer Hand an die Wand gestützt, deutet er auf den Captain und fragt dann, als Mannschaftsmitglieder den Bewusstlosen wegtragen, den Commander.

„Was war das, Commander?"

Der Angesprochenen antwortet, nachdem er noch einen schnellen Blick auf die Sensoranzeige geworfen hat.

„Was wir befürchtet haben, Sir. Wir sind von einer Patrouille entdeckt worden und sind sofort beschossen worden."

Pargon runzelt die Stirn.

„Es ist unmöglich, dass eine einfache Patrouille uns einen solchen Treffer verpassen kann. Auch wenn wir am nächsten zum Planeten stehen und damit in Hauptschusslinie möglicher Patrouillen, hätten es mindestens eine Kreuzerflotte für einen solchen Treffer gebraucht. Und wenn dem so ist, warum haben wir sie nicht entdeckt?"

Der Commander zuckt mit den Schultern und antwortet resigniert.

„Ich habe keine Ahnung, warum wir sie nicht entdeckt haben. Vielleicht waren die Sensoralarme deaktiviert oder der Sensorcontroller hat einen Fehler gemacht. Aber die Feuerstärke der Patrouille ist wirklich sehr stark, vor allem, da wir uns gerade begonnen hatten, weiter vom Planeten zurückzuziehen. Der Captain hatte dies bereits angeordnet und auf Ihre Zustimmung gehofft."

Er wirft noch einen schnellen Blick auf die Sensoranzeige, die wieder störungsfrei arbeitet.

„Sir, die Truppen von Borsty sind möglicherweise stärker, als wir erwartet haben. Das Schiff, das uns beschossen hat, rückt immer noch gegen uns vor, und es ist ein Behemoth-Klasse-Schlachtschiff. Es ist die Rächer!"

Pargon ist entsetzt.

„Verdammt, Commander. Stoppen Sie sofort den Rückzug. Wir gehen zum Angriff über. Wir müssen dieses Schiff vernichten, noch so eine Chance bekommen wir nicht. Und informieren Sie die anderen Geschwader bei Amila und Pagan."

Der Commander nickt kurz und führt die Befehle aus. Wenig später stoppen die Schiffe der Allianz ihren Rückzug und gehen zum Gegenangriff über.

Pargon gibt Befehle an die Flotte aus.

„Achtung. Admiral Hayden an alle Geschwader. Alle Jäger bereit zum Angriff, Bodentruppen bereitmachen zum Abflug. Wir starten den Angriff.

Jägergeschwader fliegen Begleitschutz für die Truppentransporter. Kreuzer und Zerstörer, haltet die feindliche Flotte in Schach."

Der junge Imperator setzt sich auf einen Sessel und fasst sich an den Kopf. Der Sturz hat ihn wohl doch stärker mitgenommen, als er dachte. Doch nach einigen Sekunden geht es ihm wieder besser. Dann betrachtet er die Szenerie vor dem Brückenfenster. Überall im Weltraum schweben Kreuzer und Zerstörer, während Kampfmaschinen und Transporter zwischen ihnen hindurch- und vorbeischießen. Es ist ein gespenstisches Bild vor dem Fenster, ein tödliches Ballett aus Schiffen aller Klassen, gerahmt und durchschnitten von Lasersalven. Überall im Weltraum wird dieses Bild auch von Explosionen und Trümmern, in denen sich das Sonnen- und Laserlicht spiegelt, gekrönt.

In der *Vendetta* ertönt plötzlich das Timersignal der Allianz, das Admiral Gorn auf dem entfernten Flaggschiff der Republik ausgelöst hat, um den Synchronbeginn des Angriffs anzukündigen.

Pargon blickt sarkastisch grinsend zum Lautsprecher, weil er und seine Flotte längst in einer blutigen Schlacht stecken.

Währenddessen rücken die Schiffe weiter auf Borsty zu. Die feindliche Flotte hat begonnen, sich vor der Übermacht der Allianz in Richtung des Planeten zurückzuziehen.

Die ersten Transporter der Allianz erreichen auch bereits den Planeten und schiffen ihre Truppen aus, ebenso die Golems und anderen Spezialeinheiten. Die Feuergolems rücken auch sofort auf die Generatoren, riesige kuppelförmige Gebilde, zu, um sie zu vernichten. Doch einige Legionen der dunklen Sturmtruppen des Nekron-Imperiums stellen sich der Allianz entgegen.

Immer mehr Transporter landen, von Jägern geschützt, auf Borsty. Für Blutkaiser Cyclon sieht es momentan nicht gerade rosig aus.

Kapitel 2

*B*eim Planeten Amila, dem Todesplaneten, sieht es nicht viel anders aus. Doch dort gibt es weniger Zerstörer des Nekron-Imperiums. Aber dafür schießen ständig Salven von Bodenbatterien vom Planeten in den Weltraum.

Die Kreuzer und Zerstörer der Allianz sind mehr mit Ausweichmanövern beschäftigt, als mit dem Vorrücken gegen den Planeten. Die Allianz muss schon in den ersten Minuten hohe Verluste einstecken.

Mehrere Kreuzer sind schon von den Nekron-Kanonieren auf Amila vernichtet worden. Neben den Großgeschützen gibt es auch unzählige Laserbatterien, die zurzeit eine Landung von Bodentruppen verhindern und die Hoffnung auf einen schnellen Sieg in Rauch aufgehen lassen.

Überall jagen Nekron-Jäger durch das All und stören die Schlachtschiffe bei ihren Ausweichmanövern.

Das erhöht die Gefahr für die Schiffe der Allianz, einen Treffer der Bodengeschütze abzubekommen.

Die Allianzjäger versuchen unaufhörlich, die Leitstände der Geschütze und die Laserbatterien zu vernichten.

Doch die Gegenwehr der Nekromanten ist noch zu stark.

Amila scheint vor dem bevorstehenden Angriff der Allianz gewarnt worden zu sein.

- - -

Doch auf Pagan sieht es für Leon und seine Leute besser aus, als für Pargon und Admiral Gorn an den anderen beiden Schauplätzen.

Admiral Leons Leute haben in kürzester Zeit die feindlichen Kampfschiffe vernichtet oder zum Rückzug gezwungen. Es haben sich Leons Flotte auch nur zwei Geschwader entgegengestellt. Und als die Schiffe der Allianz angriffen, hatten diese wirklich keine Chance.

Jetzt befinden sich Leons Schiffe im Anflug auf Pagan. Carsons Jäger haben jetzt von den fliehenden Nekron-Schiffen abgedreht und nehmen Kurs auf den Planeten. Torwin macht seine Leute zum Abflug und zum Sturm auf das Gefängnis bereit.

Hunderte von Allianzsoldaten bewaffnen sich und kontrollieren den Energiepegel ihrer Waffen. Niemand weiß, was sie auf dem Planeten erwartet, oder wie groß die Streitmacht des Nekron-Imperiums ist. Alle warten jetzt gespannt auf den Befehl zum Bemannen der Fähren und Transporter.

Dann ertönt endlich das universelle Alarm- und Startsignal. Sofort stürzen die Soldaten in ihre Schiffe, bereit ihr Leben zu geben, um die Freiheit für die Galaxis wiederzugewinnen. Torwin und Kaya begleiten, ebenso wie Gonron, die Angriffstruppen persönlich zum Planeten, um den Angriff zu führen, wie schon zur Zeit der Rebellion gegen den alten Imperator Jan Hayden.

Leon steht auf der Brücke seines Kreuzers *Freedom* und beobachtet den Abflug der Schiffe, die von Carsons Jägern eskortiert werden. Es schmerzt ihn, seine Freunde nicht begleiten zu können.

Damals, zu Zeiten des alten Imperators Hayden, hatten sie immer gemeinsam gekämpft. Sie haben die Höhen und Tiefen der Republik und den Tod vieler Freunde erlebt. Kein Soldat des Imperiums konnte sie stoppen, jedenfalls als Einheit.

Er hat kein gutes Gefühl, dass alle seine heutigen Freunde, Pargon und Carson eingeschlossen, an verschiedenen Schauplätzen kämpfen. Doch auch der Kampf als Ganzes bereitet ihm Sorge. Denn er weiß nicht, wie es um Pargons Geschwader oder um das Flagggeschwader der Allianzflotte steht.

Und nun fliegen auch noch seine Leute ins Unbekannte.

Kapitel 3

Für Pargon war der erste Sieg nur von kurzer Dauer. Unerwartet tauchen von überall her etliche Legionen von Stoßtruppen und auch Kampfschiffe auf.

Pargon steht fluchend auf der Brücke der *Vendetta*.

„Wo kommen diese Truppen auf einmal her? Verdammt, wo stecken meine Offiziere?"

Auf der Brücke herrscht ein totales Chaos.

Der Captain der *Vendetta* stürzt als einziger Offizier, allerdings mit einem Kopfverband, sofort auf seinen Oberbefehlshaber zu.

„Sir, die Rächer greift uns wieder an. Aber nicht allein. Etliche Zerstörer, die hinter dem Planeten versteckt auf der Lauer gelegen haben, greifen in den Kampf ein."

Pargon blickt aus dem Brückenfenster und traut seinen Augen kaum. Vor seinen Augen löst sich gerade ein Allianzkreuzer in kosmische Partikel auf, zerschossen durch mehrere Zerstörer und durch die Rächer, das Flaggschiff des Blutkaisers Cyclon.

Entsetzen zeichnet sich auf dem Gesicht des jungen Imperators ab.

„Die haben unsere Nachhut angegriffen. Wir sitzen in der Falle.

Vom Planeten sind einige helle Punkte zu sehen, die stetig größer werden. Kurze Zeit später tönt außer dem Gefechtsalarm jetzt auch noch der Kollisionsalarm.

„Achtung, feindliche Jäger von Borsty im Anflug."

Die Lautsprecherstimme lässt auch keinen Optimismus bei den Offizieren aufkommen. Doch Pargon behält einen kühlen Kopf.

„Informieren Sie Gruppe Blau und Gruppe Gold. Die sollen sich um die Jäger kümmern."

Er dreht sich wieder zum Panoramafenster um und betrachtet die Szenerie im All.

Die Vendetta dreht sich vom Planeten weg, bis vor dem Brückenfenster die Nachhut der eigenen Flotte zu sehen ist.

Die Rächer schiebt sich immer weiter durch die Kampfschiffe der Allianz, ständig feuernd. Immer mehr Schiffe fallen der Rächer und ihrem Begleitschutz zum Opfer.

Das Hauptziel der Rächer aber scheint die Vendetta zu sein.

- - -

Eine Salve der Bodengeschütze von Amila zerfetzt schon wieder einen Kreuzer der Allianz und verwandelt ihn in Staubpartikel. Die Nymphe entgeht dem Schuss nur knapp.

Ein Zehntel der Flotte ist diesen Salven schon zum Opfer gefallen. Und wenn die Kanonen nicht bald ausgeschaltet werden, geschieht das mit der ganzen Flotte.

16

Überall schießen Nekron-Jäger auf die Allianzkreuzer, deren eigene Abfangjäger keine große Hilfe sind, da die Zahl der Nekron-Jäger um einiges größer ist als die der Allianz.

Die Fähren, mit denen die Einheiten der Allianz auf Amila landen sollten, mussten mit hohen Verlusten nach kurzer Zeit, ohne den Planeten erreicht zu haben, wieder in den Kreuzern andocken.

Admiral Gorn ist gar nicht glücklich über den Stand der Schlacht. Er glaubt auch nicht mehr daran, dass die Allianz eine Chance gegen die angreifenden Schiffe hat.

Doch San Marenda, die Präsidentin der Republik der Druiden, sieht die Sache anders.

„Admiral, haben Sie sich eigentlich noch nicht gefragt, warum wir es fast ausschließlich mit feindlichen Bodengeschützen und Jägern zu tun haben und nicht mit Großkampfschiffen?" Das ist doch klar. Die Bewachung des Planeten ist unterbesetzt. Das klingt bei unseren Verlusten zwar merkwürdig, aber es scheint wahr zu sein."

Admiral Gorn stößt einen verächtlichen Laut aus und fällt ihr ins Wort.

„Wenn die so unterbesetzt sind, warum haben wir dann so große Probleme, Madam Präsident? Habe ich kein taktisches Gefühl mehr, oder welchen Grund hat das Ganze?"

„Es liegt nicht an Ihren Fähigkeiten als Krieger, Admiral. Unser einziges Problem sind die Bodengeschütze. Schicken Sie alle Jäger und Bomber, die uns noch verblieben sind, zu einem einzigen Großangriff auf die Geschützstellungen.

Nehmen Sie keine Rücksicht auf die Kreuzer. Wir werden sonst sowieso vernichtet."

So ernst war die Präsidentin der Allianz noch nie. Und jetzt tut sie das, was alle Mitglieder der Allianz zu tun bereit sind.

Sie setzt ihr Leben und das ihrer Begleiter nun endgültig einer großen Gefahr aus, um die Freiheit für die Galaxis zu erkämpfen. Denn ohne Begleitschutz sind die Kreuzer und Zerstörer der Allianz den Angriffen der Jäger des Nekron-Imperiums schutzlos ausgeliefert.

Aber das ist es, was die Allianz vom Nekron-Imperium unterscheidet. Die Mitglieder würden alle, ohne Ausnahme, ihr Leben geben, um für ihre Allianz das erstrebte Ziel zu erreichen. Die Soldaten des Nekron-Imperiums geben lieber ihr Ziel auf, als ihr Leben aufs Spiel zu setzen, es sei denn, sie würden von ihrem eigenen Kaiser getötet werden, weil sie ihm den Dienst verweigern.

Da auch Admiral Gorn zur Allianz gehört und genauso denkt wie alle ehemaligen Rebellen, versteht er San Marenda nur zu gut. Er nickt langsam und winkt dann seine Offiziere zu sich, damit er die Befehle an sie weitergeben kann.

Kapitel 4

*I*m Zentralbunker der Fabrik, in dem sich auch der Gefechtsstand für den Fall möglicher Angriffe befindet, sitzt Blutkaiser Cyclon und verflucht seine Stabsoffiziere ebenso wie die Allianz. Durch die Verringerung der Truppen bei seinen strategisch wichtigsten Besitzen, befindet er sich jetzt in einer sehr misslichen Lage.

Der Angriff der Rebellen kam selbst für ihn sehr überraschend, obwohl er damit gerechnet hat, nur später. Doch ganz schlecht steht es für sein Imperium ja nicht. Er hat die Rächer und zwei Geschwader von Zerstörern mit nach Borsty gebracht. Mit denen haben die Zerstörer und Kreuzer der Allianz einige Schwierigkeiten.

Hinzu kommen noch die Verteidigungseinheiten von Borsty selbst. Ein halbes Geschwader Zerstörer und mehrere Hundert Jäger. Auch die Zahl seiner Bodentruppen ist nicht zu verachten.

Cyclons Offiziere stehen entweder vor den Schirmen der Kontrollen oder bei Admiral Damien. Sie unterhalten sich leise, und einige von ihnen werfen hin und wieder ängstliche Blicke in Richtung ihres Kaisers. Keiner von ihnen möchte das gleiche Schicksal erleiden wie Colonel Matupa oder viele andere Offiziere zuvor.

Doch dann erhebt sich der Kaiser des Nekron-Imperiums und schreitet zwischen den Reihen der Offiziere und den Kontrollgeräten einher.

Jedem Offizier, den er passiert, wird der Kragen der Uniform zu eng, und es befällt sie ein beklemmendes Gefühl. Es herrscht bei den Offizieren ein ungewöhnlicher Luftmangel. Und der Kaiser grinst unter seinem Totenkopfhelm aus Freude darüber, dass seine bloße Präsenz solchen Terror unter den anwesenden Offizieren verbreitet.

Dann dreht er sich plötzlich um einhundertachtzig Grad und durchbohrt einen Colonel fast mit dem Zeigefinger.

„Colonel Grant, wie weit sind die Einheiten der Rebellen schon zu den Reaktoren vorgestoßen?"

Der Colonel antwortet mit schreckgeweiteten Augen.

„Auf dreihundert Meter an die Schussweite heran, Majestät."

„Gut, dann fahren Sie die Stahlplatten vor den Reaktoren aus, und schicken Sie jetzt die restlichen zwölf Legionen, die wir noch in Reserve halten, in die Schlacht. Die Rebellen werden ihr blaues Wunder erleben, wenn unsere Truppen sie überrennen. Die Schlacht hier auf Borsty haben die Rebellen schon so gut wie verloren. Ihre Leute bei Amila werden ebenfalls bald geschlagen sein. Dann können wir alle Anstrengungen auf Pagan konzentrieren, wo die Rebellen bisher leider auf einen Sieg zu marschieren."

Er wendet sich schon ab, um an seinen Platz zurückzukehren, als ihm noch etwas einfällt.

„Ich habe übrigens meine Meinung geändert. Ich will Imperator Hayden tot sehen, Colonel. Befehlen Sie dem Zerstörer Skull, die Brücke der Vendetta zu rammen. Ohne den Imperator und ohne ihr kampfstärkstes Schlachtschiff werden die Rebellen schnell ihren Mut und auch die Schlacht verlieren. Dann werden sie wissen, dass das Nekron-Imperium unschlagbar ist."

Colonel Grant blickt seinen Kaiser entsetzt an.

„Sir, das können wir doch nicht machen. Auf dem Zerstörer ist eine Besatzung von zweitausend Mann und zusätzlich noch eine halbe Legion Bodentruppen."

Der behelmte Kopf des Kaisers fährt herum.

„Wollen Sie mir etwa sagen, was ich zu befehlen habe, Colonel? Ich entscheide, wie es mir passt. Und wenn Sie meine Befehle nicht ausführen, gibt es genügend andere Offiziere, die gern Colonel werden möchten. Nur wird Sie das vorher den Kopf kosten, Grant. Was ist nun, Colonel?"

Colonel Grant fasst sich willkürlich an die Kehle und bricht in kalten Schweiß aus. Denn wer möchte nicht weiter am Leben bleiben. Grant auf jeden Fall.

Darum antwortet er ängstlich.

„Ich werde Ihren Befehl ausführen, Sir. Aber ich weiß nicht, ob Captain Sardo seine Leute und sich selbst so einfach opfern wird, wie Sie es wünschen, Sir."

Ohne eine Antwort abzuwarten, dreht sich der Colonel um und verlässt Cyclon, um schweren Herzens den Befehl an den Captain der Skull weiterzugeben.

Cyclon setzt sich und lehnt sich frohlockend zurück.

Die Offiziere stehen schweigend in der Kommandozentrale.

Kapitel 5

*D*ie Truppen unter Leons Kommando auf Pagan befinden sich jetzt schon im Anflug auf den Planeten und werden in kürzester Zeit dort landen.

Keine kaiserlichen Jäger stellen sich den Fähren und Jägern der Allianz in den Weg. Anscheinend hat die Verteidigung der Nekromanten hier und jetzt versagt. Aber leider nur auf Pagan. Denn Amila und Borsty schlagen ja hart zurück.

Jetzt hat das Sturmgeschwader der Allianz Pagan erreicht. Doch nur die Fähren landen auf dem Planeten, während die Jäger ihnen Feuerschutz geben und die Bodentruppen des Feindes, die sofort mit Drachengolems und Infanterie angreifen, bombardieren.

Aus allen Fähren strömen trotz des feindlichen Beschusses die Soldaten der Allianz, geführt von General Torwin, der wie immer von Gonron begleitet wird. Die Soldaten stürzen auf die Gegner zu.

Der Planet ist eine einzige Hügellandschaft. Überall gibt es kleine Hügel, grasbedeckte Hügel, aber auch Sanddünen. Und die Allianz arbeitet sich Hügel um Hügel auf das Gefängnis zu. Für jeden gefallenen Allianzsoldaten sterben Dutzende Soldaten des Nekron-Imperiums. Die Rebellen decken das ganze Gelände mit Laserfeuer ein. Doch gegen die Drachengolems der Nekromanten haben die Handfeuerwaffen und auch die tragbaren Geschütze keine Chance.

Aber Carson hat die Gefahr sofort erkannt.

„Achtung, an alle Piloten. Hier spricht Gold Eins. Konzentriert Euer Feuer auf die Drachengolems. Unsere Jungs am Boden haben zu schwache Waffen. Benutzt Bomben gegen die Golems. Zielt auf die Cockpits und blast die Dinger weg. Gold Eins, Ende."

Sofort formieren sich die Jäger der Allianz und konzentrieren ihr Feuer auf die Drachengolems, die immer weiter gegen die Invasionstruppen anrücken.

In Wellen schießen die Jäger über die Golems hinweg und werfen ihre Bomben ab. Zuerst treffen die Jäger nur die Beine der Golems oder das Terrain, bis sich die Piloten unter Carsons Kommando eingeschossen haben. Dann hageln die Bomben auf die Cockpits der halb lebendigen Ungetüme und detonieren dort sofort. Jeder Golem, der getroffen wird, geht sofort in einer Kette von Explosionen unter, angefangen beim Cockpit. Golem um Golem fällt diesem Luftangriff der Allianzgeschwader zum Opfer, und die Bodentruppen können nun immer weiter in Richtung des Gefängnisses vorrücken.

Es gibt immer mehr Verluste auf Seiten des Nekron-Imperiums. Auch haben erste kaiserliche Einheiten, die von der Allianz eingekesselt sind, begonnen sich zu ergeben. Sie werfen ihre Waffen zu Boden, heben die Hände an den Kopf und erheben sich aus ihren Stellungen hinter den Hügeln. Die restlichen Truppen, die weder tot noch gefangen sind, treten einen raschen Rückzug in Richtung des Gefängniskomplexes an.

Doch die Allianztruppen folgen ihnen auf dem Fuße. Als auch die letzten Drachengolems vernichtet sind, folgt der endgültige Sturm der Allianz.

General Torwin stürmt mit seinen Männern auf das Gefängnis und die verbliebenen Soldaten zu, um ihnen den Gnadenstoß zu versetzen.

Plötzlich stürmen aus einem Seitenflügel des Komplexes zwei- bis dreihundert Mitglieder der Totenkopfgarde, der Leibwache des Blutkaisers, heraus und werfen sich in die Schlacht. Damit hat niemand bei der Allianz gerechnet. Unter den ersten Schüssen der Garde fallen an die fünfzig Rebellen. Aber damit noch nicht genug. In dem gleichen Seitenflügel öffnet sich das Dach und ein Strahlenbündel schießt heraus.

Der Strahl eine planetaren Abwehrkanone. Er schießt an Carsons Geschwadern vorbei ins All. Direkt auf die Kreuzer der Allianz zu. Der Strahl berührt nur Kurz den Kreuzer Mercy, und schon löst sich dieser in kosmische Staubpartikel auf. Sofort bricht die ganze Flotte in Panik aus. Auf den Kreuzern laufen viele Offiziere und Soldaten hysterisch durch die Gegend.

Carson, der gerade mit seinem Schiff das Gefängnis überfliegt, flucht wütend.

„Verdammt noch mal. So haben wir aber nicht gewettet. Erst diese blöden Elitetruppen des Blutkaisers und jetzt auch noch eine planetare Kanone. Jetzt sitzen schon alle drei Flotten in einer miesen Falle. Hoffentlich fällt Pargon und Leon etwas Vernünftiges ein."

25

Sein Jäger fliegt weiter über den Planeten.

Im Kreuzer Freedom sieht Leon entsetzt auf seinen Bildschirm. Diese Salve kam völlig unerwartete, selbst für einen Droiden. Er hätte nie mit einer solchen planetaren Waffe gerechnet. Leon fragt sich, was es mit dieser Falle auf sich hat. Die Agenten hatten doch berichtet, dass Kaiser Cyclon total ratlos und wütend ist, weil er zu wenige Truppen hat, um seine Patrouillen und seine Projekte zu besetzen. Außerdem würde er nie die Stammgarnisonen auf den anderen Planeten seines Imperiums abziehen, weil es dort sofort zu Aufständen kommen könnte.

Und auch die Garde würde er niemals von Kwor abziehen, höchstens den Teil, der ihn immer begleitet. Im Palast gibt es zu viele wichtige Dokumente und Artefakte, die sie dort bewachen. Anscheinend hat Cyclon sein Imperium doch nicht so fest in seinem Griff, wie er dachte.

Da hat Leon einen Geistesblitz. Einer von Cyclons Schülern versucht, die Macht zu übernehmen und kontrolliert schon einen Teil der Truppen, ohne das Wissen des Blutkaisers. Dann kann es nur derjenige sein, der hier auf Pagan ist.

Denn er würde die Garde zu seinem eigenen Schutz einsetzen, wenn es wirklich einer von Cyclons Schülern ist. Es gibt eigentlich keine andere Erklärung als diese.

Keiner, außer seinen Schülern, ist dem Blutkaiser gewachsen. Einen Offizier könnte Cyclon sofort vernichten, denn jeder Offizier ist ihm kräftemäßig völlig unterlegen.

Doch Leon konzentriert sich jetzt auf seine Aufgaben. Seine Befehle zeigen, dass Pargon den richtigen Mann für diese Mission ausgewählt hat.

„Colonel, geben Sie sofort Folgendes durch. Alles auf Position bleiben. Sie sollen versuchen, den Salven auszuweichen, ohne unsere Truppen schutzlos zurückzulassen. Die Jäger sollen dieses verdammte Geschütz ausschalten. Und General Torwin soll sich mit dem Sturm des Gefängnisses beeilen."

Kapitel 6

*D*ie Nymphe rückt näher an Amila heran, um vielleicht aus dem All die Kontrollen der Bodenbatterien zu zerstören.

Nur ein kleines Geschwader unter dem Kommando von Raoul Menrette ist bei dem riesigen Kommandoschiff zum Schutz gegen feindliche Kampfschiffe geblieben. Überall im Weltraum herrscht ein riesiges Chaos.

Unzählige Explosionen erhellen die samtene Schwärze des Alls. Die Verluste der Allianz steigen in das Unermessliche. Die Bodenbatterien auf Amila feuern gnadenlos auf die Allianzschiffe, die von den Abfangjägern des Nekron-Imperiums immer wieder in den Feuerbereich der Bodengeschütze gedrängt werden.

Der Nymphe ist es bis jetzt zwar noch gelungen, den Salven auszuweichen, aber lange wird auch das zweitgrößte Schiff der Allianz nach der Vendetta den tödlichen Strahlen nicht mehr entkommen können.

Gleichzeitig stürzen die Jäger und Bomber der Allianz mit steigender Geschwindigkeit weiter auf die Planetenoberfläche zu, um die Kontrollzentren der Bodengeschütze und die Geschütze selbst zu vernichten, damit die Bodentruppen der Allianz endlich landen können, und die verbliebenen Kreuzer und Zerstörer vorerst gerettet sind.

Die Zerstörung Amilas ist ebenso wichtig, wie die Zerstörung der Waffenfabriken des Imperiums vor Jahren, wenn nicht noch wichtiger.

Die Jäger und Bomber der Allianz jagen jetzt an der Planetenoberfläche entlang. Zurzeit fliegen sie über eine kahle Felswüste, direkt auf die Hauptkontrollstation, das Herz des Planeten, zu.

Doch sie sind keine zwanzig Meilen an die Zentrale herangekommen, da wird das kaiserliche Sicherheitssystem aktiviert. Über den wichtigsten Anlagen im Umkreis werden Schutzschirme aufgebaut, und überall, selbst in der Wüste, werden Laserbatterien zur Luftabwehr ausgefahren.

Hunderte von Laserbündeln zischen der letzten Chance der Allianz, den Jägern und Bombern, entgegen, um das Schicksal der Flotte der Allianz zu besiegeln.

Kapitel 7

*D*ie Vendetta versammelt alle Zerstörer und Kreuzer der Allianz um sich und steuert auf den feindlichen Kampfverband zu, denn die Rächer nähert sich mit ihrer Eskorte immer weiter.

Trotz der anfänglichen Übermacht der Allianz hat das Nekron-Imperium jetzt die Oberhand. Es herrscht ein Krieg der Giganten im All.

Selbst den Jägern fällt es schwer, durch das Gewirr der Laserstrahlen zu fliegen, ohne vernichtet zu werden und gleichzeitig auf andere Jäger zu feuern.

Innerhalb von Minuten werden bei diesem Nahkampf mehr Schiffe vernichtet, als in der ganzen Schlacht zuvor. Schon auf große Distanz fügen sich die riesigen Schlachtschiffe mit ihren Laserbatterien erhebliche Schäden zu.

In der gesamten Vendetta gibt es kleine Feuer, und die Rettungsmannschaften haben alle Hände voll zu tun, um diese zu löschen. Doch die Vendetta hat größere Probleme, von denen man am Bord noch nicht einmal etwas gemerkt hat.

Von „oben" nähert sich dem großen Schlachtschiff auf Befehl des Blutkaisers die Skull, um die Vendetta zu rammen und mit in den Tod zu reißen. Die Sensoren des Behemoth-Klasse-

Schlachtschiffs sind völlig überlastet. Daher bemerkt niemand auf der Vendetta das anfliegende Feindschiff. Es rast weiter und weiter auf die ahnungslosen Imperialen zu, weil alle Soldaten sich nur auf den Angriff gegen die Rächer konzentrieren.

Die Skull hat die Vendetta schon fast erreicht, als das Notwarnsystem der Vendetta mit einem Kollisionsalarm losheult, der aber fast im Getöse der anderen Alarmsignale untergeht. Doch Pargon wird von seinem Captain gewarnt.

„Sir. Majestät. Wir sind auf Kollisionskurs mit einem feindlichen Zerstörer. Kollision in zwanzig Sekunden."

Pargon will reagieren, aber Admiral Orrik kommt ihm zuvor.

„Sofort Ausweichmanöver einleiten. Nach unten abtauchen, sonst erwischt er uns."

An den Steuerkonsolen des Schlachtschiffs bricht große Hektik aus, als die Steuermänner das Schiff mit Hilfe aller Steuerdüsen aus dem Kollisionsbereich der Skull bringen wollen. Das riesige Schiff rollt nahezu in Zeitlupe zur Seite und entgeht nur knapp seiner Vernichtung.

Die Skull zieht nah am Heck der Vendetta vorbei, direkt auf die Atlantia, einen Großkreuzer der Allianz, zu. Auf dem Republikkreuzer bemerkt niemand den heran fliegenden kaiserlichen Zerstörer, der wegen seiner Geschwindigkeit unkontrollierbar und von nichts und niemandem mehr aufzuhalten ist auf seinem Weg in den Tod, zusammen mit der Atlantia.

Die Skull bohrt sich mit ihrem Bug in die Flanke des ahnungslosen Kreuzers, wie ein Keil. Die

Mannschaft der Atlantia rennt kopflos umher und schreit in panischer Angst. Eine Kette von Explosionen durchläuft die beiden Schiffe und verwandelt das bizarre Gebilde der beiden Kampfschiffe in einen riesigen Feuerball, einer Supernova gleich.

Durch die Druckwelle der Explosion werden selbst die beiden Behemoths Vendetta und Rächer, die jetzt immer weiter aufeinander zufliegen, durchgeschüttelt. Auf den Schiffen der Allianz blicken alle Soldaten ungläubig ins All. Niemand kann fassen, dass ein Zerstörer des Nekron-Imperiums, mit einer Besatzung von mehreren tausend Mann, einfach so Selbstmord begeht.

Die Rächer nutzt die Verwirrung, und schiebt sich nun endgültig an die Vendetta heran.

- - -

Für Pargons Bodentruppen sieht die Sache ebenfalls sehr festgefahren aus. General Leisman hat sich mit seinen Truppen eingegraben und liefert sich einen heftigen Kampf mit den Sturmtruppen des Nekron-Imperiums.

Auf beiden Seiten gibt es hohe Verluste, aber weder die Allianztruppen noch die Truppen des Nekron-Imperiums ziehen sich zurück. Doch durch seine Verteidigungstaktik gibt General Leisman den Zerstörern des Imperiums Zeit, die Kampfverbände der Allianz zu vernichten, weil sie ständig mit neuen Informationen aus dem Herrscherbunker versorgt werden. Diese Tatsache wird nun auch dem General klar.

Er ruft seine Offiziere zusammen und befiehlt den endgültigen Sturm auf die Fabrik des Blutkaisers, trotz der starken durch die Verteidigung durch Cyclons Truppen.

Zu einem Zeitpunkt, an dem das kaiserliche Feuer abflaut, preschen die Truppen der Allianz aus ihrer Deckung hervor und greifen an. Sie dürfen nicht versagen, sonst steht ihren Kameraden im All über dem Planeten das Schlimmste bevor.

Kapitel 8

Carsons Jäger gehen im Sturzflug auf die Planetenoberfläche von Pagan hinunter. Es kommt für die Piloten auf jede Sekunde an.

Jede Salve des planetaren Geschützes kann die Vernichtung eines Kreuzers der eigenen Flotte bedeuten. Darum muss die Kanone oder wenigstens ihr Leitstand so schnell wie möglich ausgeschaltet werden.

Die Kampfjäger gehen in Angriffsformation und fliegen direkt auf die große, todbringende Kanone zu. Um so ein Ungetüm der Technik zu vernichten, benötigen sie alle Feuerkraft und alle Bomben, die ihnen zur Verfügung stehen.

Jetzt sind sie an die Kanone auch schon auf Schussentfernung herangekommen. Alle Jäger feuern mit allem was sie haben auf die Kanone, bis sie direkt über ihr sind.

An diesem Punkt lassen die Jäger, Welle um Welle von Schiffen, ihre Protonenbomben direkt über dem Mordwerkzeug des Blutkaisers fallen. Die Explosionen summieren sich und auch der Schaden, den sie anrichten.

Als der letzte Jäger seine Bomben abgeworfen hat, tut sich nichts mehr bei dem planetaren Geschütz.

Die Schlachtschiffe der Allianz sind vorerst gerettet.

- - -

Auch Torwin und seine Truppen sind nicht faul. Trotz des starken Ansturms der Totenkopfgarde rücken die Allianzsoldaten immer weiter gegen das Gefängnis vor.

Da die Drachengolems durch die Luftstreitkräfte der Allianz ausgeschaltet wurden, steht die Elitetruppe des Blutkaisers nahezu allein den Rebellen gegenüber.

Sie ziehen sich daher immer weiter zum Gefängnis zurück, weil sie den Sturm der Allianztruppen nicht mehr aufhalten können. Sie versuchen, sich hinter den Vorsprüngen des Gefängnisses zu verschanzen, aber selbst dort werden sie von den todbringenden Strahlen der Allianzsoldaten erwischt.

Torwin rückt immer weiter und weiter vor. Seine Leute klemmen dabei die Totenkopfgarde endgültig ein. Jetzt sind die Chancen für das Nekron-Imperium hier auf Pagan aussichtslos geworden.

Die Truppen des Blutkaisers haben mittlerweile auch die Hoffnung auf einen Sieg aufgegeben. Aber für Cyclon wollen sie nicht sterben. In Massen werfen sie ihre Waffen weg und heben die Hände, als Zeichen der Kapitulation.

Die Soldaten der Allianz sammeln die Waffen der besiegten Feinde ein und drängen sie in Gruppen zusammen. Torwin informiert das Oberkommando über den Etappensieg.

„General Torwin an Admiral Bansheeclaw. Bitte kommen."

Nach einigen Sekunden meldet sich Leon von seinem Schiff.

„Torwin, hier ist Leon. Was ist los?"

„Wir haben jetzt das Gelände um das Gefängnis komplett unter unserer Kontrolle und bereiten uns auf den Sturm des Gebäudes vor. Aber schick uns bitte erst einige Gefangenentransporter. Wir haben hier viele Gefangene gemacht."

„Geht klar. Die Transporter kommen gleich. Und viel Glück weiterhin. Leon, Ende."

Torwin steckt seinen Kommunikator weg und gibt seinen Leuten ein Zeichen.

„Macht die Gefangenen zum Abtransport bereit. Die Fähren kommen bald."

Kapitel 9

Amila gleicht einer riesigen Festung in Planetenform

Die Jäger haben gewaltige Schwierigkeiten, den Laserstrahlen, die aus hunderten von Batterien abgefeuert werden, auszuweichen und dann auch noch Kurs auf das Zentrum des Planeten zu halten, wo sich die Leitstände für die Großgeschütze befinden.

Der Anführer der Jägereinheiten ruft seine Piloten.

„Gruppenführer an alle. Fliegt nicht zu dicht aufeinander, sonst werdet ihr in Stücke geschossen. Gruppe Grün folgt mit zum Zentrum, um die Steuersysteme zu zerstören. Gruppe Gelb fliegt zum Außengürtel der Geschütze und versucht, die Geschütze einzeln zu zerstören. Wenn wir Pech haben, dann schlägt der Angriff auf das Zentrum fehl. Dann müssen wir einen Plan B haben. Ich hoffe, dass die Kreuzer lange genug durchhalten. Also los jetzt. Start frei zum Angriff."

Die Jäger teilen sich in zwei Gruppen und nehmen Kurs auf ihre Ziele.

- - -

Einige Kilometer über ihnen wird schon wieder ein Schiff der Allianzmarine von einer Geschützsalve in seine Atome zerlegt.

Die Schilde der *Edge* konnten dieser massiven Feuerkraft nicht standhalten. Es ist zum Verzweifeln.

Admiral Gorn sitzt auf der Brücke der Nymphe niedergeschlagen in seinem Kommandosessel und versucht verzweifelt, einen letzten Ausweg zu finden. San Marenda tritt neben ihn und legt ihm beruhigend einen Arm auf die Schulter.

„Admiral, wenn wir nicht bald diese Kanonen ausgeschaltet haben, werden wir uns zurückziehen. Die ganzen Opfer werden umsonst gewesen sein, aber es ist nicht ihre Schuld. Sie haben alles getan, was in Ihrer Macht stand. Sie haben sich nichts vorzuwerfen. Und ich werde nicht die gesamte Flotte opfern, wenn wir ohnehin nichts mehr erreichen können."

Admiral Gorn blickt seine Präsidentin an und klopft ihr auf die Hand, die auf seiner Schulter liegt.

„Madam Präsident, ich gebe meinen Leuten noch eine Stunde. Feuern diese verdammten Geschütze dann immer noch, werden wir uns zurückziehen. Das ist dann auch der Beweis, dass dieser Planet unbesiegbar ist, und Cyclon wird gewonnen haben. Wir dürfen aber so nicht versagen. Sonst können wir gleich freiwillig den Planeten rammen."

Die Präsidentin lächelt ihren höchsten Offizier mütterlich an.

„Sehen Sie doch nicht so schwarz, Admiral. Wir werden das schon schaffen."

Sie lässt ihn allein und geht zu einem Commander. Aber Gorn folgt ihr und hält sie fest.

„Madam, verlassen Sie das Schiff und fliegen Sie zum Hauptquartier zurück. Hier ist es jetzt viel zu gefährlich für Sie. Wenn dieses Schiff getroffen werden sollte, dürfen Sie nicht an Bord sein. Schlägt dieser Angriff fehl, brauchen wir die beste Führung, die wir bekommen können."

San Marenda schüttelt heftig den Kopf und sieht Admiral Gorn strafend an.

„Auf keinen Fall, Admiral. Ich werde dieses Schiff nicht verlassen. Entweder wir gewinnen zusammen oder wir werden zusammen sterben. Huuups."

Die Präsidentin kippt nach vorn und wird von Admiral Gorn, der selbst auf wackligen Beinen steht, gerade noch aufgefangen. Die Nymphe ist ganz plötzlich in eine starke Schräglage gegangen, um einer erneuen Salve der planetaren Geschütze auszuweichen.

- - -

Genauso geht es den anderen zwölf übrig gebliebenen Kreuzern. Sie manövrieren zwischen den Strahlen der Kanonen hin und her und versuchen, nicht ins Kreuzfeuer zu geraten, denn das würde den sicheren Tod für die ganze Mannschaft bedeuten.

Vielen Mannschaften haben die Geschütze schon das Leben geraubt. Tausende von tapferen Allianzsoldaten haben sich innerhalb weniger Sekunden in ihre Atome aufgelöst. Das ist die größte Angst der Besatzungen. Die Gefahr, die von den

Bodengeschützen ausgeht, ist wirklich nicht zu unterschätzen.

Die Zahl der Geschütze auf Amila würde sogar für einen ganzen Planeten eine Gefahr darstellen. Und jetzt ist die letzte Hoffnung der Allianz durch diese Teufelswerkzeuge gefährdet.

Die Salven der planetaren Geschütze kommen der Nymphe immer näher, trotz der ständigen Ausweichmanöver, die die Steuermänner verzweifelt durchführen. Das stolze Schiff kippt von einer Seite auf die Andere.

Doch den anderen zwölf Schiffen geht es auch nicht besser. Aber die Kanoniere auf dem Planeten scheinen sich jetzt auf das größte Schiff, Gorns Kreuzer, zu konzentrieren.

Dann haben die kaiserlichen Kanoniere plötzlich einen teuflischen und tödlichen Einfall. Vier Geschütze, über den ganzen Planeten verteilt, feuern gleichzeitig auf die Nymphe, mit gleichmäßig verteilten Salven.

Das Flaggschiff kann diesem grausamen Anschlag nicht mehr entgehen. Vier koordinierte Geschützsalven sind zu viel zum Ausweichen.

Ein Strahl erreicht schließlich das stolze Schiff. Es wird mittschiffs getroffen und zuerst sauber in zwei Hälften zerteilt. Kurz darauf explodieren beide Teile in einer erschreckend schönen Feuerblume.

Vom Stolz der republikflotte und ihrer Präsidentin bleibt nichts mehr übrig außer Atomen. Düsterer kann es für die Allianz nun kaum noch werden. Wenn Amila durchhält, nützen selbst Siege bei Pagan und Borsty nichts.

Sollte Amila komplett einsatzbereit sein und vom Blutkaiser in Marsch gesetzt werden, gibt es bald keine Allianz mehr.

Kapitel 10

*A*uf der Vendetta sackt Imperator Pargon Hayden urplötzlich in sich zusammen.

Einer seiner Stabsoffiziere, Commander Pierout, springt ihm zur Seite und stützt ihn.

„Sir, was ist mit Ihnen? Ist Ihnen nicht gut? Sir?"

Er hilft Pargon, sich zu setzen.

Dieser bleibt dann auch einige Sekunden mit geschlossenen Augen sitzen. Weil der Beschuss durch die Rächer immer schlimmer wird, reißt Pargon sich schließlich zusammen.

„Commander, sagen Sie Admiral Orrik, er soll das Kommando übernehmen. Und besorgen Sie mir eine Verbindung mit Admiral Bansheeclaw."

Pierout salutiert und geht seine Befehle befolgen.

Zwischen der Vendetta und der Rächer zischen aus nächster Nähe nun Laserbündel durch den Weltraum und lösen erhebliche Beschädigungen aus.

Auch die kleineren Kampfschiffe beteiligen sich jetzt an dem Zweikampf der Giganten. Im Raum schwebt ein einziges, riesiges Knäuel aus Schiffen und Laserstrahlen.

Nur die Jäger halten sich aus diesem Raumgefecht heraus, weil es dort für die kleinen, verletzlichen Schiffe in diesem engmaschigen Gitter aus leuchtendem Tod einfach zu gefährlich ist.

Commander Pierout hat inzwischen die Verbindung zwischen Leon und Pargon hergestellt.

„Hier ist Leon. Pargon, was ist los?"

Pargon räuspert sich und antwortet.

„Die Nymphe ist vernichtet worden. Vor wenigen Minuten spürte ich eine so starke Welle in der Magie, dass es mich von den Füssen gerissen hat. Wie weit bist Du mit Deinem Angriff?"

Leon ist entsetzt von dieser Nachricht, auch wenn es selbst gespürt hatte, dass etwas schreckliches Geschehen war, aber natürlich hatte Pargon eine engere Beziehung zu seiner Mutter gehabt und hat genau gewusst, was dies bedeutete.

„Es tut mir Leid für Dich, Pargon. Aber zu Deiner Frage. Wir haben das Gefängnis umzingelt und erobern es bald."

Pargon nickt, obwohl Leon dies nicht sehen kann, da es nur eine Audioverbindung ist.

„Gut. Dann schick so schnell wie möglich ein paar Schiffe zur Verstärkung nach Amila und komm baldmöglichst mit dem Rest hierher. Ich habe hier große Probleme. Ein großer Teil der kaiserlichen Flotte sitzt mir hier im Nacken. Ich brauche schnell Deine Hilfe. So langsam aber sicher befürchte ich, dass Blutkaiser Cyclon fast seine gesamten Streitkräfte mit nach Borsty gebracht hat. Wir schaffen es einfach nicht, die Verteidigungsschilde der Fabrik zu knacken. Sie haben ein ausgeprägtes Sicherheitssystem. Ich brauche Carson und seine Jägerstaffeln. Er hat genug Erfahrung. Also beeilt Euch. Wir warten. Vendetta, Ende."

Nachdem Pargon den Kommunikator abgeschaltet hat, sackt er wieder in seinem Sessel zusammen.

Doch dort bleibt er nicht lange, denn es fetzt plötzlich ein Stück aus der Konsole an der Wand hinter ihm. Er springt von seinem Platz hoch.

Durch diesen Schock ist er jetzt wieder zur Besinnung gekommen.

Kapitel 11

*D*ie gefangenen Nekron-Soldaten auf Pagan sind jetzt unterwegs zum Geschwader der Allianzkreuzer und Zerstörer.

Torwin steht vor dem Tor des Gefängnisses, in dem Cyclon so viele politische Gefangene festhält.

Auf Torwins Befehl schleppen seine Soldaten unzählige Kanister mit C-47 an und stapeln sie vor dem Eingangstor. Das Stahltor ist mit Hilfe von Handlasern nicht zu knacken.

Torwin hat vor kurzer Zeit eine Meldung von Leon bekommen, dass er sich beeilen muss, weil die Kreuzer an anderer Stelle gebraucht werden.

Er treibt seine Leute zu Höchstleistungen an, obwohl es sehr gefährlich ist, sich beim Legen der Sprengladungen nicht voll und ganz zu konzentrieren.

Nach einer scheinbar unendlich langen Zeit sind die Sprengladungen endlich ordnungsgemäß verlegt. Das hofft Torwin wenigstens.

Jetzt ziehen sich alle Soldaten hinter den nächsten Hügel zurück und legen sich flach auf den Bauch, um der Druckwelle der anstehenden Explosion zu entgehen.

Torwin regelt die Einstellungen am Fernzünder und aktiviert das Gerät. Dann drückt er den Auslöser.

Wenige Millisekunden später gehen die Ladungen hoch. Die Soldaten der Allianz pressen sich noch mehr auf den Bauch als vorher, weil durch die Explosion des gefährlichen Sprengstoffs unzählige Splitter von der Druckwelle durch die Gegend geschleudert werden.

Das Stahltor des Gefängnisses wird durch die Sprengladung in tausende von kleinen und großen Teilen zerrissen.

Die Menge des C-47 war vielleicht ein wenig zu viel des Guten, denn einige Soldaten werden trotz ihrer Deckung von umher fliegenden Splittern getroffen und teilweise leicht verletzt. Doch ernstlich verletzt wird niemand. Höchstens ein paar Sturmtruppen des Nekron-Imperiums im Innern des Gefängnisses.

- - -

Im Gefängnis selbst werden die Gefangenen von Adys, dem dortigen Schüler Cyclons, und seinen Männern zusammen getrieben, um sie besser unter Kontrolle zu haben. Ihnen stehen nicht mehr genügend Wächter zur Verfügung, um alle Gefangenen, besonders die wichtigsten, einzeln oder in kleinen Gruppen zu bewachen. Die meisten überlebenden Wachen riegeln die Außenbezirke des Gefängnisses ab.

Adys stellt alle freien Truppen ab, um die Gefangenen in Schach zu halten. Nur seine kommandierenden Offiziere setzt Adys nicht ein. Sie versammelt er im großen Besprechungsraum des Gefängnisses.

Adys setzt sich auf den Sessel am Kopfende des Konferenztisches und wartet, bis seine Offiziere alle eingetroffen sind.

„Wir werden die Stellung nicht mehr lange halten können. Die Rebellen haben unsere Verteidigungslinien fast durchbrochen. Wir haben noch ungefähr zwanzig Minuten, bis die hier antanzen. Haben Se noch irgendwelche Vorschläge?"

Captain Banks, der Gefängnisdirektor, steht auf und räuspert sich. Adys sieht ihn an.

„Ja, Captain? Bitte."

Der Captain nickt ihm zu.

„Sir, ich bin der Meinung, dass wir hier so schnell wie möglich verschwinden müssen, sonst sind wir geliefert. Die Rebellen sind uns auf alle Fälle überlegen. Wir sollten nach Borsty oder Amila fliegen. Dort haben wir mehr Truppen und auch bessere Verteidigungsanlagen als hier. Wir nehmen die Gefangenen mit uns. Dann werden wir die Rebellen schon noch besiegen. Ich vertraue auf den Blutkaiser und seine Leute."

Nachdem der Captain seine Ausführungen beendet hat, setzt er sich wieder.

Nach einigen Sekunden nickt Adys wieder und blickt in die Runde, um die Reaktionen der anderen Offiziere zu sehen.

„Nun gut. Wir werden von hier so schnell wie möglich verschwinden. Macht die Transporter und die Begleitjäger im Gefängnishangar startklar. Bringt so viele Gefangene an Bord, wie ihr in zehn Minuten schafft. Dann lasst bis kurz vor dem Abflug ein paar Männer hier, die die anderen Gefangenen bewachen und schließlich exekutieren. Die Rebellen sollen sie nicht bekommen. Das ist dann meine Rache für diesen unverschämten Angriff durch die Allianz. Meine ganz persönliche Rache."

Die Offiziere erheben sich von ihren Stühlen und salutieren, bevor sie den Raum verlassen.

Adys bleibt noch einige Sekunden nachdenklich sitzen und verlässt dann ebenfalls den Raum.

Kapitel 12

*D*ie Bodentruppen auf Borsty rennen gegen die feindlichen Truppen an.

Aber die Verluste sind zu groß. Zwar haben die kaiserlichen Einheiten auch große Verluste, aber die Verteidigungsanlagen sind ein großer Vorteil auf Seiten des Nekron-Imperiums. Die Fabrik ist total von Stahlschilden umgeben, und automatisierte Kanonen bestreichen die ganze Landschaft und den Gebäudekomplex.

Jedes Mal, wenn die Allianzsoldaten in Schussweite kommen, werden etliche von ihnen durch die Verteidigungsanlagen niedergemäht.

In diesem Augenblick stürmt General Leisman mit seinen Leuten wieder gegen die Fabrik an. Aber auch dieses Mal endet der Angriff in einem Desaster. Die Allianzsoldaten werden einfach von den Nekron-Sturmtruppen und den Laserbatterien abgeschossen.

General Leisman ist bei diesem Sturm einer der Ersten, die den Verteidigern zum Opfer fallen.

Colonel Leonard, bis dahin sein Stellvertreter, befiehlt nach kurzer Zeit schon wieder den Rückzug der Truppen.

Sie graben sich außerhalb der Reichweite der Verteidigungsanlagen ein und warten, bis endlich

Luftunterstützung eintrifft. Falls überhaupt jemals welche kommt.

Kapitel 13

Gruppe Grün fegt weiter über die Oberfläche des Planeten Amila, dem Todesplaneten, immer weiter auf das Kontrollzentrum zu, das die Jäger auch nun fast erreicht haben.

Als das Nervenzentrum des Planeten in Reichweite gekommen ist, formieren sich die Jäger neu, und die Piloten programmieren ihre Computer auf den Angriffsmodus.

„Hier ist der Gruppenführer. Wir greifen in Zweiergruppen an. Grün Eins bis Sechs greifen die Kontrollanlagen an. Sieben bis Zwölf kümmern sich um die Lasertürme und schützen die anderen Schiffe vor möglichen Angriffen durch feindliche Abfangjäger. Also gut, zehn Sekunden bis zur Angriffssequenz. Alles bereitmachen zum Anflug. Fünf Sekunden, vier, drei, zwei, eins, los."

Die Allianzjäger teilen sich in zwei Gruppen. Die erste Gruppe geht tiefer und macht sich für das Bombardement des Computerzentrums klar.

Die zweite Gruppe zieht ihre Schiffe höher und sie nehmen die Laserbatterien aufs Korn, um die erste vor dem Kreuzfeuer zu schützen, das in dieser Region übermäßig stark ist.

Vampyr-Jäger des Nekron-Imperiums tauchen allerdings nicht auf. Die wenigen, die noch vorhanden sind, greifen weiter die Kreuzer der

Allianz an, von denen es jetzt nur noch fünf Stück im Orbit des Planeten gibt.

Alle anderen Einheiten des ehemals großen Geschwaders wurden bereits vernichtet. Für die wenigen Kreuzer wird es am Himmel immer gefährlicher, weil sich sämtliche planetaren Geschütze nur noch auf wenige Ziele konzentrieren müssen. Aber dennoch fliehen sie nicht. Sie kämpfen für die Freiheit, wenn es sein muss bis zum Tod. Und der Tod ihrer Präsidentin hat sie noch zusätzlich angestachelt. Doch sie hoffen immer noch, dass die Jagdgeschwader es schaffen, die tödlichen Geschütze endgültig auszuschalten.

Die erste Jagdgruppe greift jetzt das Nervenzentrum an und bombardiert den Computerbunker. Doch die Jäger müssen nach dem Angriffsflug umkehren und sich vorbereiten, immer wieder und wieder anzugreifen, wenn sie etwas erreichen wollen.

Denn die Bunker mit den Hauptsteuersystemen sind verständlicherweise durch starke Schilde und Panzerung vor Angriffen geschützt. Es dauert also mit Sicherheit eine Weile, bis die Bomben und Lasersalven der Allianzjäger Wirkung zeigen können, und die Anlage für alle Zeiten ausgeschaltet wird.

Der Gruppenführer von Staffel Grün zischt zwischen den Salven der Laserbatterien hin und her, gefolgt von seinen fünf Begleitmaschinen. Jedes Mal, wenn die Gruppe das Ziel erreicht, wird das Kreuzfeuer stärker.

Die Gruppe hat bisher drei Anflüge unbeschadet überstanden, aber dabei soll es nicht bleiben.

Beim nächsten Anflug driftet Grün Drei etwas von der Gruppe ab, naher an die Flakbatterien heran. Flight Officer Troust, der Pilot des Jägers, hat keine Zeit mehr, seinen Fehler zu bereuen.

Kaum hat die Geschützmannschaft ihn entdeckt, beginnt die Laserbatterie auch schon, auf ihn zu feuern. Gleich beim ersten Schuss wird sein Schiff in seine Bestandteile zerlegt. Es geht so schnell, dass Troust nicht einmal etwas von der Explosion des Jägers spürt.

Doch seine Kameraden haben keine Zeit zum Trauern, sonst erwischt es sie selbst auch noch, wenn sie unkonzentriert sind. Die Piloten der Jäger fliegen jetzt noch konzentrierter und suchen nach einem Idealkurs durch das Feuer der Luftabwehr von Amila.

Der zweiten Teilgruppe ergeht es allerdings etwas besser. Sie können die feindliche Flak aus größerer Höhe angreifen. Da sich die Batterien auf die tief fliegenden Jäger konzentrieren, die eine direkte Gefahr für das Kontrollzentrum darstellen, ist die zweite Gruppe in nicht so großer Gefahr. Sie müssen zwar immer als geschlossenen Formation von oben her angreifen, weil die Kraft eines einzelnen Jägers nicht ausreicht, aber sie zerstören eine Batterie nach der Anderen.

Gruppe Gelb, die den Auftrag hatte, die planetaren Großgeschütze auszuschalten, kehrt mittlerweile als Begleitschutz zu den überlebenden Kreuzern zurück, da ihre Angriffe auf die Bodenwaffen wegen deren Panzerung wirkungslos waren. Die Zerstörung des Kontrollzentrums ist die einzige Chance zur Ausschaltung der planetaren

Verteidigung und die Rettung der letzten
Flottenteile.

Kapitel 14

*A*m Himmel über Borsty gleicht die Schlacht der zwei Schlachtschiffe, der Kreuzer und Zerstörer einem riesigen Massaker.

Alle paar Minuten explodiert ein Großkampfschiff in dem Knäuel der kämpfenden Schiffe. Die gigantischen Geschütze der Zerstörer, und besonders die der Behemoths, haben eine Feuerkraft, die alles vernichtet, was in Reichweite kommt, besonders auf kurze Distanz.

Die ersten Kreuzer und Zerstörer fangen schon an, sich aus der Gefahrenzone zurückzuziehen und sich außerhalb der Reichweite der Rächer und der Vendetta neu zu formieren.

Es gibt hier und da kleiner Gefechte zwischen verstreuten Kampfschiffen. Aber die meisten schweben unbeweglich im Raum. Die Kommandanten der Schiffe beider Seiten, der Allianz und des Nekron-Imperiums, sind total verwirrt und wissen nicht, was sie machen sollen. Durch das starke Laserfeuer sind mittlerweile sämtliche Kommunikationskanäle gestört, und niemand erhält irgendwelche Befehle von den Oberkommandierenden der beiden Flotten.

Nach und nach weichen alle Kreuzer und auch die Zerstörer von den Behemoths zurück, die sich mit aller Kraft beschießen, um sich zu retten. Die beiden Giganten scheinen mittlerweile still im Weltraum zu stehen. Wären da nicht die ständigen Laserblitze und die vielen Brände auf beiden Schiffen, dann wäre es ein sehr friedlicher Anblick, beinahe idyllisch.

Pargon sitzt auf seinem Flaggschiff in der Klemme. Die beiden gigantischen Schiffe sind vom gleichen Typ, haben die gleiche Bewaffnung und gleiche Panzerung.

Der junge Imperator sieht nur zwei Möglichkeiten für den Ausgang dieses Zweikampfs. Entweder beide Schiffe zerstören sich gegenseitig, oder beide Schiffe treten den Rückzug an, es sei denn, andere Schiffe einer Seite bekommen doch noch die Gelegenheit, sich in den Kampf noch einmal einzumischen und die Schlacht zu entscheiden.

Genau das scheint auch der Kommandant der Prive, einem Flottenträger der Allianz, gedacht zu haben. Von seiner Brücke aus nimmt er Kontakt mit der Vendetta auf. Imperator Hayden meldet sich persönlich. Aber es ist so gut wie kein Wort zu verstehen, wegen der statischen Störungen durch die Schlacht. Der Captain redet trotzdem und hofft, dass seine Nachricht durchkommt.

„Majestät, ich habe allem entbehrlichen Personal befohlen, das Schiff zu verlassen. Ich werde die Rächer rammen, sonst hat die Allianz keine Chance zu gewinnen. Ich hoffe, Sie haben mich gehört. Bewegen Sie sich vom Feind weg. Ich hoffe, Sie haben mich gehört, Sir. Das ist die einzige Möglichkeit, die Rächer zu vernichten. Wenn wir sie mit der Prive rammen, hilft ihnen auch das

Brückenschutzsystem nicht. Beten Sie für meine Mannschaft, Sir. Leben Sie wohl. Es lebe die Allianz."

Dann schaltet der Captain das Funkgerät ab. Er nickt seiner Mannschaft aus Freiwilligen zu.

Die Prive setzt sich in Bewegung, unterwegs zu ihrem Ziel, der Rächer. Alle Anwesenden auf der Brücke beginnen zu beten und warten auf den unvermeidbaren Tod.

- - -

Auf der Vendetta sitzt Pargon gleichzeitig gerührt und entsetzt vor seinem Kommunikator. Aber er fasst sich schnell wieder und ruft seine Offiziere. Die Nachricht, die eben teils verstümmelt von der Prive kam, ist zu wichtig und muss schnell weitergegeben werden.

Als die Brückenoffiziere sich versammelt haben, informiert Pargon sie und fügt noch etwas hinzu.

„Meine Herren, der Captain der Prive ist ein äußerst tapferer Mann, und er hat leider Recht. Es ist der einzige Weg. Also, wenn die Prive sich der Rächer weit genug genähert hat, dann drehen wir ab und ziehen und mit voller Kraft zurück. Sonst nehmen die uns noch mit sich. Geben Sie die nötigen Befehle an die Steuermänner weiter."

Alle Offiziere salutieren und verteilen sich wieder auf ihre Stationen, um sich ihren Aufgaben zuzuwenden.

Kapitel 15

*T*orwins Leute auf Pagan stürmen hinter den Hügeln hervor und rennen, mit Gonron und Torwin an der Spitze, in das Gefängnis.

Die Wachen, die hinter dem Tor stationiert waren, sind durch die Explosion bei der Sprengung des Tors getötet oder betäubt worden. So können die Truppen der Allianz bis in die Außenbezirke des Gefängnisses eindringen.

Die wenigen Soldaten der Nekron-Sturmtruppen, die sich ihnen in den Weg stellen, sind den mehreren hundert angreifenden Allianzsoldaten völlig unterlegen und werden in kürzester Zeit einfach überrannt. Durch die große Menge an Salven, wenn teilweise auch ungezielt, werden sie schnell niedergestreckt.

Die Allianztruppen stürmen weiter durch die Außenbezirke des Gefängnisses, auf das Innere zu. Doch bald werden die stürmenden Truppen von dem nächsten Verteidigungswall gestoppt und stehen vor einem weiteren Tor als Barriere.

„Brecht die Tür auf. Und das verdammt noch mal schnell. Los."

Einige Soldaten, die schwere Waffen tragen, schieben sich auf Torwins Befehl hin durch die

Menge nach vorn durch und legen mit den schweren Blastern an.

Da dieses Tor schwächer ist, als das Haupttor, sollten diese Waffen reichen. Die anderen wenden sich ab, als die Soldaten anfangen, auf das Tor zu feuern. Langsam, sehr langsam, beginnt der Stahl des Tors zu schmelzen unter dem Dauerbeschuss.

Die Nekron-Truppen hinter dem Tor ziehen sich weiter zurück und gehen in Stellung, um die Truppen der Allianz zu erwarten.

Doch plötzlich werden beide Seiten überrascht. Aus dem innersten Kern des Gefängnisses hört man zuerst nur das Geräusch von schlecht geölten Stahltoren, die sich öffnen, aber dann ertönt das Triebwerksgebrüll mehrerer kaiserlicher Transporter, die sich anscheinend auf den Start vorbereiten. Das Donnern ihrer Antriebe hallt durch das gesamte Gefängnis.

Die Allianzsoldaten unterbrechen sogar ihren Angriff gegen das Tor. Gonron schreit laut vor Wut.

Torwin nimmt Kontakt mit Leon auf. Kaum hat dieser sich gemeldet, schneidet Torwin ihm auch schon das Wort ab.

„Leon, hier unten passiert gerade etwas Unvorhergesehenes. Ein paar Nekron-Transporter sind gerade beim Start aus einem geheimen Hangar im Gefängnis, und wir können sie nicht mehr aufhalten. Ihr müsst sie abfangen und aufbringen. Sie dürfen nicht entkommen. Es sind garantiert viele Gefangene an Bord."

Leon versteht die Lage sofort.

„Gut, wir werden sie schon kriegen. Danke Torwin. Leon., Ende."

Torwin konzentriert sich wieder auf seine Leute, die den Beschuss des Tors erneut aufgenommen haben.

Kapitel 16

*A*dmiral Brighton beobachtet auf der Rächer das Gefecht im All über Borsty.

Er sieht die Lage zurzeit genauso aussichtslos wie Imperator Hayden, sein Widersacher auf dem anderen Schlachtschiff der Behemoth-Klasse.

Während des ganzen Gefechts denkt er schon darüber nach, wie man die Vendetta vernichten und die Schlacht gewinnen kann. Durch einen weiteren Versuch, die Vendetta rammen zu lassen, würde man nur unnötig Kriegsmaterial verschwenden, weil Hayden einfach zu gerissen ist.

Brighton fragt sich auch immer noch, woher Pargon wusste, dass seine Offiziere einen Putsch durchführen würden. Der Bau von Haydens Geheimflotte hätte niemals geschehen dürfen. Man hätte auch die Rebellen schon beim ersten Anzeichen ihrer Existenz vernichten müssen, damals zu Zeiten des alten Imperators.

Aber jetzt tritt der Captain der Rächer hinter Admiral Brighton und räuspert sich, um den Admiral auf sich aufmerksam zu machen. Brighton dreht sich um und schaut seinen Captain fragend an.

„Captain, was gibt es? Irgendetwas von Bedeutung?"

Der Captain nickt.

„Ich denke schon, Sir. Die Vendetta beginnt gerade, sich zurückzuziehen. Jedenfalls zeigen unsere Sensoren das an. Das ist mir unverständlich. Imperator Hayden gibt doch sonst nicht so schnell auf."

Admiral Brighton blickt über die Schulter durch das Brückenfenster und dann wieder auf seinen Untergebenen.

„Da steckt sicher ein Plan von Hayden dahinter. Er will uns bestimmt von hier weglocken. Aber wir werden ihm diesen Gefallen nicht tun. Wir halten Position und warten ab. Mal sehen, was Hayden vorhat."

Der Captain salutiert.

„Jawohl, Sir."

Und dann lässt er den Admiral wieder allein vor dem Aussichtsfenster, vor dem sich die Vendetta weiter und weiter entfernt. Brighton lächelt, weil er seinem ehemaligen Herrscher dieses Mal nicht ins Netz gegangen ist, jedenfalls glaubt er das. Doch seine Freude hält nicht lange vor.

Denn kurze Zeit später wird das ganze Schiff von einer starken Lasersalve erschüttert und Admiral Brighton gegen das Brückenfenster geschleudert. Überall auf der Brücke entstehen kleine Kabelbrände, die durch die Brandschutzsysteme des Schiffes unschädlich gemacht werden. Sonst hätte so ein direkter Treffer die gesamte Brücke vernichtet.

Die Bugpartie, in der die Brücke normalerweise untergebracht ist, wenn sie nicht eingefahren wurde, existiert nicht mehr. Sie wurde von einer Salve der Prive, die sich an die Rächer herangeschlichen hatte, glatt weggesprengt.

Als Brighton sich halb benommen wieder hochgerappelt hat, humpelt er zum Captain, der an einem Überwachungsmonitor steht und brüllt ihn an.

„Wer war das?"

Der Captain stammelt nur zur Erwiderung.

„Ein verdammter Kreuzer. Er kommt direkt auf uns zu."

Brighton ist entsetzt. Er schreit seinen Befehl über das gesamte Deck.

„Ausweichmanöver!"

Der Captain starrt weiter auf den Monitor und flüstert nur zwei Worte.

„Zu spät."

Admiral Brighton starrt mit Panik in den Augen auf den Captain. In diesem Augenblick kracht der Kreuzer Prive direkt in das Flaggschiff des Nekron-Imperiums und bohrt sich direkt in die Flanke des Behemoths. Scheinbar in Zeitlupe verwandeln sich die beiden Schiffe in gigantische Explosionen. Eine riesige Supernova steht im All.

Auf allen anderen Schiffen, die an den Kämpfen beteiligt waren, beobachtet man das grausige Schauspiel.

Imperator Hayden lässt sich auf der Kommandobrücke seines Schiffes erleichtert, aber gleichzeitig vom Tod der Mannschaft der Prive bedrückt, in seinen Sessel fallen.

Auf allen Schiffen der Allianz bricht für kurze Zeit großer Jubel aus. Aber dann kümmern sich alle wieder um ihre Aufgaben, denn die Schlacht ist noch längst nicht vorbei.

- - -

Blutkaiser Cyclon läuft in seinem Bunker auf und ab, wie ein Tiger im Käfig.

Der Kontakt zu den Kreuzern ist größtenteils abgebrochen. Die letzte Meldung, die ihn erreichte, war, dass der Plan mit der Skull ein totales Desaster war.

Die Offiziere, die mit ihm im Bunker sind, stehen so weit von ihm entfernt wie möglich. Ihm bei seiner aktuellen Laune in die Quere zu kommen, könnte tödlich enden. Cyclon flucht vor sich hin.

„Der Kontakt zu ein paar kleineren Schiffen genügt nicht. Ich brauche eine Verbindung zur Rächer."

Er bleibt stehen und deutet auf einen Techniker.

„Sorgen Sie dafür, dass ich wieder mit allen Großkampfschiffen verbunden bin. Aber zuerst mit der Rächer."

Ein anderer Controller mischt sich vor Angst zitternd in das Gespräch ein.

„Sir, das ist leider nicht mehr möglich. Die Kronos gibt gerade durch, dass die Rächer von einem Kreuzer der Allianz gerammt worden ist. Von der Rächer ist nichts mehr übrig geblieben. Aber die Vendetta existiert immer noch. Unsere Flotte weiß jetzt nicht, was sie machen soll."

Cyclon steht kurz vor einem Wutanfall. Aber trotz der Befürchtungen seiner Offiziere fasst sich der Blutkaiser nach kurzer Zeit wieder.

„Geben Sie den Befehl, dass alle Schiffe sich im Orbit sammeln sollen. Und alle Bodentruppen in der

Fabrik sollen sich auf die Evakuierung vorbereiten. Wir verschwinden von hier."

Zu sich selbst sagt er dann noch leise etwas.

„Aber das ist noch lange nicht das Ende, Pargon. Wir sprechen uns sehr bald wieder."

Kapitel 17

*D*ie Gruppe Gelb der Jäger der Allianz über Amila ist jetzt zur Gruppe Grün gestoßen, um die Zentralcomputer des Planeten zu bombardieren.

Es bleibt ihnen nur noch wenig Zeit zur Zerstörung der zentralen Kontrollen, weil die vier verbliebenen Kreuzer in weniger als einer halben Stunde den Planeten endgültig verlassen und aufgeben müssen, wenn die planetaren Geschütze bis dahin nicht endlich ausgeschaltet worden sind.

Dann wären alle Opfer und Bemühungen der Allianz bei Amila umsonst gewesen. Für die Überlebenden der anderen Geschwader würde es ein harter Kampf werden.

Die Jäger bombardieren unaufhörlich den Bunker, in dem sich die Computer für die Steuerung der Bodenbatterien befinden. Der Bunker ist zwar eine harte Nuss, aber die Schilde des Bunkers sind schon zusammengebrochen und auch die Panzerung zeigt schon einige gefährliche Lücken. Doch dafür wird die Luftabwehr des Nekron-Imperiums immer gezielter.

Von den fünfzig Jägern der Allianz bei Beginn des Angriffs sind gerade noch zwölf übrig geblieben. Aber dem Nekron-Imperium stehen nicht einmal mehr diese zwölf zur Verfügung. Es gibt keinen einzigen mehr.

Zum Glück für die Transporter der Allianz. Denn diese mussten die Kreuzer verlassen, um nicht bei einem Treffer der Bodenbatterien auch noch die Bodentruppen zu verlieren. Auf diese Entfernung können die kleinen Transporter von den Bodenbatterien zwar abgeschossen werden, sie stellen aber ein sehr schwieriges Ziel dar als die großen Kreuzer.

Die Jäger der Allianz hören trotz der Gefahr nicht auf, den Bunker anzugreifen. Sie kämpfen bis zum letzten Augenblick, oder bis zum letzten Jäger, falls das eher eintreten sollte. Sie lassen sich durch nichts aufhalten. Immer und immer wieder fliegen die Jäger über den Bunker und werfen ihre Last ab oder feuern mit ihren Laserkanonen auf das Ziel unter ihnen.

Wenn die Jäger jetzt nicht noch von der Nekron-Luftabwehr in Stücke geschossen werden. Jäger um Jäger fliegen sie weiter den Angriff auf die Zentrale. Stück um Stück fetzt die Panzerung des Bunkers weiter ab. Aber ständig feuern auch die Laserbatterien der Abwehr weiter. Jetzt sind es bereits nur noch zehn Jäger der Allianz.

Doch plötzlich kommt der große Moment. Beim letzten Bombeneinschlag zerfetzt die Explosion den ganzen Bunker in einer gleißenden Explosion und die Geschütze verstummen.

Aber die Arbeit für die Gruppen Grün und Gelb ist noch nicht vorbei. Sie schließen sich dem zweiten Teil der Gruppe Grün an und greifen nun gemeinsam die restlichen Laserbatterien der

Luftabwehr des Nekron-Imperiums an, die immer noch feuern und den Transportern der Allianz noch gefährlich werden können, auch wenn die schweren Bodenbatterien verstummt sind.

Aber auch die vier verbliebenen Kreuzer rücken jetzt wie die Truppentransporter gegen den Planeten vor.

Kapitel 18

*D*ie Transporter des Nekron-Imperiums heben von der Oberfläche des Planeten Pagan ab und nehmen Kurs auf die Unendlichkeit des Weltraums.

Doch die *Freedom*, Leons Flaggschiff, schiebt sich zwischen die feindlichen Transporter und deren Chance auf Freiheit im weiten All. Auch die anderen Kreuzer schließen sich dem Abfangmanöver an. Sie ziehen einen engen Kreis um den ganzen Planeten.

General Reesons Jägerstaffeln fliegen von der Planetenoberfläche hoch zur Flotte der Großkampfschiffe.

Aber Adys muss mit solch einer Aktion der Allianz gerechnet und die geflohenen Zerstörer des Nekron-Imperiums zurückgerufen haben. Denn die Jäger der Allianz werden von den zurückkehrenden und angreifenden Schiffen des Nekron-Imperiums anscheinend überrascht. Die Zerstörer von Adys´ Geschwader wollen für den Schüler des Blutkaisers eine Bresche durch die Blockadelinie der Allianz schlagen.

Aber kaum haben sie die ersten Schiffe auf Schussweite erreicht, als hinter Pagan weitere Kreuzer hervor geflogen kommen und hinter den Nekron-Verbänden in Stellung gehen. Die Schiffe des Blutkaisers sind nun total eingekesselt. Für Adys ist der Weg in die Freiheit endgültig versperrt.

Deshalb drehen die Transporter wieder ab und fliegen zum Planeten zurück. Die Stoßtruppen des Nekron-Imperiums verlassen die Schiffe wieder und ziehen sich in die Wälder von Pagan zurück. Währenddessen werden die Nekron-Zerstörer endgültig umzingelt, sogar von „unten" und „oben".

Die Nekron-Jäger fliehen nur dank ihrer hohen Geschwindigkeit allein ins All, um dem folgenden Massaker zu entgehen.

- - -

Torwins Leute haben jetzt auch das zweite Tor des Gefängnisses geknackt und sind nun zum Zentralbereich unterwegs.

Trotz der großen Menge an Soldaten verschwinden die Truppen der Allianz in den weitläufigen Gängen des Hauptgebäudes. In den Gängen, die alle zum Zentrum führen, ist außer den Allianzsoldaten keine Menschenseele.

Kein Nekron-Soldat ist zu finden. Obwohl die Soldaten der Allianz immer weiter vordringen, vorbei an lauter leeren Zellen, in denen vor kurzem noch die Gefangenen gesessen haben.

Die Allianzsoldaten schleichen mit gezückten Waffen durch die unheimliche Stille. Trotz der leeren Räume und der Monotonie der Gänge wird niemand leichtsinnig. Denn hinter jedem Schrank, hinter jeder Wand können feindliche Soldaten versteckt sein.

Torwin und Gonron nehmen den direkten Weg, geradeaus zum Zentrum des Gefängnisses. Dort angekommen versperrt ihnen und ihren Begleitern ein Sicherheitsgitter den Weg. Es ist zwar magnetisch gegen Laserbeschuss gesichert, aber Torwin hat schon ganz andere Schlösser geknackt.

Innerhalb weniger Sekunden sind die Truppen der Allianz an dieser Barriere vorbei, im innersten Ring des Gefängniskomplexes. Doch auch hier findet Torwin niemanden und geht zum letzten möglichen Ort, wo noch ein paar Gefangene sein könnten, dem Hangar.

Es beginnt zwar sogar schon die Soldaten zu langweilen, aber die Leute von Torwin und Gonron stehen schon wieder vor einem verschlossenen Tor. Und nicht nur sie.

Alle verteilten Abteilungen der Allianz stehen mittlerweile vor Toren, die alle zum Hangar führen. Also heißt es wieder einmal, schwere Geschütze anlegen und die Tore sprengen. Und genau das macht auch die Abteilung bei Torwin.

Er steht unruhig vor dem Tor, wie auch andere Offiziere an anderen Zugängen, und wartet, dass dieses, wie er sagt, verdammte Tor zerfetzt ist.

Nach einer scheinbar unendlich langen Zeit ist es dann soweit. Das Tor fällt aus seinen Angeln. Das gleiche Geschieht fast zeitgleich mit fast allen anderen Zugangstoren zum Hangar. Die Allianzsoldaten strömen von allen Seiten in den Hangar und gehen mit angelegten Waffen in Stellung.

In der Mitte des Hangars, wo vor kurzem noch die Nekron-Transporter gestanden haben, stehen die letzten verbliebenen Gefangenen, umringt von einigen Stoßtruppen, die die Gefangenen eigentlich töten sollten, nun aber in Deckung gehen, um die Allianzsoldaten gebührend zu empfangen.

Kaum sind die ersten Soldaten in den Hangar eingedrungen, als die Nekron-Truppen auch schon das Feuer auf sie eröffnen. Der ganze Hangar ist bald erfüllt von Lasersalven. Die Gefangenen müssen sich flach auf den Boden legen und hoffen, dass sie nicht von verirrten Salven getroffen werden.

Aber der Kampf wird nicht lange dauern. Die Allianzsoldaten stürzen in so großer Zahl in den Hangar, dass die Nekron-Truppen von ihnen fast erdrückt werden. Die Stoßtruppen fallen wie die Fliegen, hören aber nicht auf zu kämpfen, und denken nicht einmal daran aufzugeben. Der Ring der Angreifer schließt sich immer enger um die eingekesselten Soldaten des Nekron-Imperiums.

Um die Sache endgültig zu besiegeln, greift sich Gonron eine Stahlplatte und reißt sie aus der Wand. Dann hält er sie als Schutz vor sich und stürmt, gefolgt von einigen Soldaten, auf die verbarrikadierten Stoßtruppen zu. Er lenkt dabei die Nekron-Truppen von den anderen Allianzsoldaten ab. Die Stoßtruppen feuern auf die wandelnde Stahlplatte, aber sie ist zu dick, um sie zu durchschießen.

Mit wenigen Schritten hat Gonron dann auch die Feinde erreicht und wirft die Stahlplatte auf die Truppen, die vor ihm in ihrer Deckung liegen. Sie werden von der schweren Platte einfach erdrückt. Die Allianzsoldaten springen hinter Gonron hervor und feuern auf die verbliebenen Stoßtruppen des Blutkaisers.

Nach kurzer Zeit ist kein Feind mehr am Leben.
Der Kampf um das Gefängnis ist endlich vorüber.

Torwin gibt weitere Befehle aus.

„Bringt die befreiten Gefangenen und die Verwundeten zu den Kreuzern. Dann durchsucht noch einmal das ganze Gefängnis und legt Sprengladungen. Wenn wir hier alle raus sind, jagen wir den Kasten in die Luft. Commander Simmons, Sie nehmen zwei Divisionen und suchen die wieder gelandeten Transporter des Nekron-Imperiums. Lassen Sie sich von der Flotte die vermutlichen Landekoordinaten geben und befreien Sie die restlichen Gefangenen. Um die geflohenen Nekron-Truppen brauchen wir uns nicht zu kümmern, wenn Sie uns nicht in die Quere kommen. Es sind zu wenige, um uns noch irgendwie gefährlich werden zu können. Die überlassen wir sich selbst. Ohne die Anlage hier werden Sie große Probleme bekommen, wenn wir uns wenigstens die Transporter noch holen. Ihre Zerstörer sind vernichtet."

Alle Offiziere nicken.

„Okay, also los jetzt." Torwin will die Sache endlich beenden.

- - -

Eine halbe Stunde später heben die Transporter der Allianz und die gekaperten Transporter des Nekron-Imperiums, aus denen die restlichen Gefangenen mittlerweile befreit wurden, von der Planetenoberfläche ab und fliegen zu den Kreuzern der Allianz ins All.

Als die Nekron-Soldaten, die überlebt haben, dies sehen, machen sie sich auf den Weg zurück zum Gefängnis, weil sie denken, dass alle Allianztruppen abgezogen sind. Aber da hat sich Adys zu früh gefreut.

Torwin, der im letzten abfliegenden Transporter sitzt, wartet bis sein Schiff außerhalb der Gefahrenzone ist und betätigt dann die Fernzündung der Sprengladungen im leeren Gefängniskomplex. In einer Kette von Explosionen, einem riesigen Inferno, verschwindet das Gefängnis. Sämtliche Gebäude zerbersten in ihre Einzelteile. Die Teile, die von der Explosion verschont werden, fallen dem nachfolgenden Großbrand zum Opfer. Von dem stattlichen Komplex bleiben nur noch Schutt und Asche zurück.

Adys kocht vor Wut und blickt den Transportern, die gen Himmel fliegen, wütend nach.

Nach und nach landen die Transporter schließlich auf den verschiedenen Kreuzern. Torwins Schiff landet auf Leons Flaggschiff, der *Freedom*. Auf dem Flugdeck wird Torwin schon erwartet. Leon und auch Kaya, die ihren kleinen Sohn auf dem Arm hält, warten auf Torwin, bis er aus der Maschine gestiegen ist. Kaya stürzt auf ihn zu und umarmt ihn.

Auch Apollo, Torwins Sohn, brabbelt ein paar Worte zur Begrüßung. Nach der Wiedervereinigung der Familie begrüßt nun auch Leon seinen Freund. Gonron kommt jetzt auch aus dem Transporter und wird fast ebenso stürmisch begrüßt. Nur dass Apollo Gonron mehr für ein großes Haustier hält als für einen Freund.

Dann gehen alle gemeinsam für eine Lagebesprechung zur Brücke des Kreuzers, während das ganze Geschwader schon vom Planeten abdreht und Kurs auf Borsty nimmt, wo Pargon gewaltig in der Klemme sitzt.

Auf dem weg zur Brücke macht Leon an einem Interkom Halt und gibt eine Anweisung an die Brücke durch.

„Achtung. Captain, lassen Sie sofort auf allen Kreuzern unter den Gefangenen nach Captain Marenda suchen. Ich will ihn so schnell wie möglich sehen."

Kapitel 19

*A*uf Amila ist Mod, Cyclons Schüler, äußerst besorgt über die Lage der Dinge. Der Verlust der Bodenbatterien war nicht in seine Rechnung mit einkalkuliert.

In seinem persönlichen Bunker, tief im Innern des Planeten, rennt er fluchend hin und her. Aber er denkt trotzdem nach, wie man den Angriff der Rebellen noch abwehren kann. Colonel Denton mischt sich ein.

„Sir, wir haben keine Luftabwehr mehr, aber das ist nicht weiter schlimm. In den letzten zwanzig Minuten hat unsere Flugabwehr vor ihrer Vernichtung fast alle Jäger des Feindes abgeschossen. Die sind keine Gefahr mehr. Die Allianz kann uns also nur noch mit Bodentruppen angreifen. Sollen ihre Transporter doch landen. Wir haben eine große Zahl von Soldaten hier stationiert. Sicherlich mehr als die Allianz. Die schlagen wir spielend."

Mod hat angehalten und nickt dem Colonel zu.

„Gut, Colonel. Schicken Sie alle Truppen raus. Wir werden unseren „Besuchern" einen gebührenden Empfang bereiten."

In diesem Augenblick setzen auch schon die Transporter der Allianz auf dem Planeten auf. Die

Truppen verteilen sich und machen sich kampfbereit.

Gleichzeitig rücken ganze Legionen von Nekron-Truppen aus ihren Kasernen aus und warten auf den Angriff der Allianz.

Kapitel 20

*P*argon steht am Brückenfenster der *Vendetta* und blickt auf das Treiben der Zerstörer der Nekron-Flotte über dem Planeten Borsty. Aus allen Richtungen fliegen Zerstörer zum Planeten und in den Orbit über die Fabrik und sammeln sich dort. Auch Zerstörer, die sich schon auf der Flucht vor den Allianzstreitkräften befanden, kommen wieder nach Borsty zurück, um sich den anderen anzuschließen.

Pargon kneift die Augen zu und sieht sich konzentriert und interessiert die Szenerie vor dem Brückenfenster an. Er beobachtet, wie sich die feindlichen Schiff zu einem Pulk zusammenschließen.

Der junge Admiral und Herrscher flüstert zu sich selbst.

„Was haben diese nekromantischen Kerle bloß vor? Die versuchen doch, irgendetwas aus der Fabrik herauszubringen. Verdammt, was kann es dort geben, was man mitten in einer Schlacht wegschaffen kann und wofür man eine ganze Flotte riskieren würde?"

Er denkt ein paar Minuten angestrengt nach. Dann kommt ihm ein schrecklicher Einfall.

„Oh mein Gott. Cyclon will die Implantate retten. Wenn er das schafft, dann braucht er diese

Fabrik nicht mehr. Dann kann er überall Kopien anfertigen. Und die vorhandenen Implantate zu verpflanzen wird ihm auch keine großen Schwierigkeiten bereiten. Und Opfer zu finden ist ja die Spezialität seiner Geheimpolizei, also verkraftet er dann sogar den möglichen Verlust der Gefangenen. Das kenne ich ja noch von meinem Adoptivvater."

Entsetzt ruft er nach seinem ranghöchsten Offizier.

„Orrik, Kommen Sie sofort zu mir." Admiral Orrik schaut seinen Imperator wegen des ungewöhnlichen Verhaltens verblüfft an, geht aber dennoch sofort zu ihm.

„Was gibt es, Sir?"

Aus Pargon platzt es förmlich heraus.

„Sofort angreifen."

Doch Orrik versteht nicht ganz.

„Was, Sir?"

Hayden antwortet verärgert.

„Na, angreifen. Diese verdammte Nekron-Flotte, Mann. Sofort."

Um seinen Imperator nicht noch mehr zu verärgern, antwortet er zustimmend und geht zum Captain der *Vendetta*. Dieser gibt die Befehle an die anderen Schiffe der Allianzflotte weiter.

\- - -

Die Bodentruppen auf Borsty sitzen immer noch in der gleichen ausweglosen Lage wie schon vor einigen Stunden.

Die Verteidigungsgeschütze der Fabrik feuern ohne Pause und bestreichen das ganze Gelände vor der Fabrik. Und selbst wenn die Allianzsoldaten an die Fabrik herankommen könnten, würden sie von der starken Panzerung und den Schutzschilden, die überall als Ring um das Gebäude ausgefahren wurden, aufgehalten werden. Ohne starke Luftunterstützung ist die Fabrik nicht zu stürmen.

Aber ein Luftangriff wäre, wegen der starken Luftverteidigung, reiner Selbstmord für die Bomber.

Aber den Nekron-Truppen geht es auch nicht besser. Sie sind zwischen dem Schussfeld der Geschütze und den Schilden hinter einer kleinen Hügelkette, von denen es auf Borsty mehr als genug gibt, in Stellung gegangen. Sie können weder vor noch zurück. Ab und zu feuern zwar Allianztruppen oder auch Nekron-Soldaten zu den Gegnern hinüber, können aber keinen wirklichen Schaden anrichten.

Doch jetzt passiert etwas, womit keine der beiden Seiten gerechnet hat. Ohne Vorwarnung fahren die Panzerplatten hinter den Nekron-Truppen hinunter und geben den Weg zur Fabrik frei.

Aus der Fabrik schreckt eine Lautsprecherdurchsage die Stoßtruppen des Blutkaisers auf.

„Achtung, Achtung. An alle Einheiten. Sofort zurückziehen. Alle Mann in die Transporter. Einheit zwölf deckt den Rückzug. Durchsage Ende."

Diese Durchsage löst ein großes Chaos auf Seiten der Nekron-Truppen aus. Alle, außer der zwölften Gardeeinheit, wollen so schnell wie möglich in den Hangar der Fabrik gelangen. Das heißt, die Einheit zwölf würde schon wollen, zurzeit muss sie aber die Flucht der anderen Einheiten decken. Sie verteilen sich rund um die Fabrik, die ja immer noch von der Allianz umzingelt ist und geben den fliehenden Einheiten Feuerschutz, weil diese auf dem Rückzug sonst gute Ziele für die Allianztruppen abgeben würden.

Doch die zwölfte Einheit leistet ganze Arbeit. Sie feuern so sehr auf die Allianztruppen, dass diese sich in ihren Stellungen rund um die Fabrik nicht rühren können. Währenddessen stürmen die anderen Stoßtruppen weiter dem Hangar entgegen, um die Transporter in die Freiheit noch zu erreichen.

Blutkaiser Cyclon steht auch schon vor seiner persönlichen Staatsfähre, mit seinem gesamten Offiziersstab.

Er wendet sich an seinen Stabschef, Admiral Damien.

„Admiral, ist der Zerstörer *Diablo* auf der abgewandten Seite des Planeten in Stellung gegangen?"

Der Admiral nickt.

„Ja, Sir. Genau wie befohlen. Der Zerstörer wartet auf uns. Die anderen Zerstörer warten dann auf die Transporter. Die meisten Schiffe werden es wohl schaffen. Und dabei lenken sie auch noch die feindliche Flotte von unserem eigenen Schiff ab. Aber es gibt noch ein Problem. Wir können nur einen Teil der Implantate mit uns nehmen. Der Großteil ist nämlich schon in die Maschinen geladen und dort bekommt man sie nur noch durch Verpflanzung heraus. Die müssen wir also vergessen."

Cyclon versteht.

„Gut, Admiral. Dann nehmen wir eben so viele, wie wir bekommen können, das muss reichen. Jetzt lassen Sie uns von hier verschwinden. Wir müssen die Allianztruppen, die Amila angreifen, so schnell wie möglich vernichten. Dem Portal darf nichts geschehen. Geben Sie den Startbefehl."

Der Admiral salutiert und geht zu einem Unteroffizier. Er gibt an diesen die Befehle weiter, und der Unteroffizier befiehlt die zwölfte Einheit, die jetzt als letzte Truppen von der Verteidigungslinie zurückkehren, in die Transporter.

Auch der Blutkaiser und sein Stab besteigen jetzt die Fähre.

Als alle Transporter startklar sind, öffnet sich die Decke des Hangars und gibt den Blick auf den Himmel frei, der schon fast nächtlich dunkel ist. Nach und nach starten die Transporter aus dem Hangar und schießen direkt in den Himmel hinauf.

Nur die Fähre folgt den Transportern nicht. Sie fliegt an der Planetenoberfläche unter der Reichweite der feindlichen Sensoren entlang. Eine Jägereskorte stößt zu ihnen, und sie fliegen zur anderen Seite des Planeten, der versteckten *Diablo* entgegen, die sie nach Amila bringen wird.

Auf der anderen Seite des Planeten angekommen, zieht auch diese Kolonne zum Himmel hoch und geht zum Landeanflug auf dem rettenden Kampfschiff über. Zuerst landet die Fähre, und danach landen die Jäger, die sie bis zur Landung beschützt haben.

Der Captain der *Diablo* wartet schon auf dem Hangardeck. Kaum ist die Fähre gelandet und die

Schleuse heruntergefahren, läuft er schon auf seinen Kaiser zu.

„Majestät, wir haben gerade eine Nachricht aus der Hauptstadt auf Kwor erhalten. Der Planet wird von Kopfgeldjägern angegriffen. Und die werden auch noch von allen kriminellen Organisationen des Planeten unterstützt."

Cyclon bekommt einen Wutanfall. Er schlägt mit der Faust direkt auf die harte Panzerung der Fähre.

- - -

„Verdammt, sie versuchen, zu ihrer Flotte zu entkommen."

Admiral Orrik deutet aus dem Brückenfenster auf die Phalanx der Nekron-Zerstörer, auf denen nach und nach die Transporter landen, die vom Planeten geflohen sind.

Er fragt seinen Herrscher.

„Majestät, sollen wir unsere Bodentruppen zurückrufen?"

Pargon überlegt und antwortet.

„Ja, natürlich, schicken Sie aber einige Bomber zum Planeten, um die Fabrik zu zerstören. Da alle fliehen, wird wohl niemand mehr dort sein, um die Luftabwehr zu bedienen. Die Zerstörer werden wir nicht mehr rechtzeitig erreichen. Aber schicken Sie ein paar Langstreckenaufklärer hinterher. Ich will wissen, wohin die Implantate gebracht werden. Dann können wir immer noch zuschlagen, bevor…"

Aber er wird von Orrik unterbrochen.

„Sehen Sie. Hinter dem Planeten taucht ein weiterer Zerstörer auf. Die anderen sollten uns nur ablenken, bis er heil davongekommen ist."

Pargon starrt ins All.

„Wir verfolgen sie mit der *Vendetta* und nehmen das halbe Geschwader mit uns. Die andere Hälfte der Flotte soll die Nekron-Zerstörer verfolgen. Melden Sie Admiral Bansheeclaw, dass er unsere Bodentruppen aufnehmen soll, wenn er Borsty erreicht hat. Wir werden ihm dann später mitteilen, wohin er uns folgen soll."

Orrik salutiert.

„Aye, Sir."

Wenige Sekunden später folgen die *Vendetta* und einige andere Zerstörer des Hadon-Imperiums der *Diablo*. Der Rest der Flotte folgt den Nekron-Zerstörern, die jetzt ebenfalls Borsty verlassen.

Kapitel 21

*L*eon, Torwin, Gonron, Kaya und ihr kleiner Sohn Apollo warten immer noch auf der Brücke der *Freedom* darauf, dass das Geschwader endlich Borsty erreicht. Alle wollen den Krieg endlich beenden. Sie unterhalten sich nur über eher unwichtige Themen, nur um die Langeweile der Zeit zu überbrücken und die Angst zu verbergen.

TDE und Gimmick kommen jetzt gerade ebenfalls auf die Brücke und gehen zu der Gruppe hinüber.

„Master Leon, wir haben es in der Kabine nicht mehr ausgehalten. Da dachten wir, dass wir vielleicht auf der Brücke helfen können."

Leon antwortet.

„Ja, ist schon gut. Ihr dürft hier bleiben."

Im gleichen Moment ruft ein Controller zu Ihnen herüber.

„Admiral, wir erhalten gerade eine Nachricht von der *Vendetta*."

Leon geht zu ihm hin. Die Anderen folgen Ihm, als er den Corporal anspricht.

„Was gibt es Wichtiges?"

„Die Nekron-Truppen haben sich von Borsty zurückgezogen und sind in den Weltraum verschwunden. Imperator Hayden folgt ihnen mit seinen Schiffen, um herauszubekommen, wohin sie fliehen. Er hat befohlen, dass wir seine Bodentruppen von Borsty aufnehmen und dann die Fabrik bombardieren. Später gibt er uns dann durch, wohin unsere Schiffe folgen sollen. Solange sollen wir unsere Präsenz bei Borsty sichern."

Noch bevor Leon irgendetwas sagen kann, meldet ein anderer ComTech neben ihm etwas.

„Sir, ich empfange gerade ein uncodiertes Alarmsignal vom Zentralplaneten der Nekromanten, von Kwor. Der Palast und die Garnison werden von Kopfgeldjägern angegriffen. Das Nekron-Imperium hat große Verluste erlitten. Vielleicht fliegt Kaiser Cyclon ja von Borsty nach Kwor."

Der Captain der Freedom, Captain Brandon, stimmt ihm zu.

„Genau. Deshalb sollten wir auch nicht bei Borsty warten, sondern direkt nach Kwor fliegen. Dann können wir Cyclon vielleicht noch abfangen."

Leon ist dagegen.

„Nein, Captain. Wir halten uns an unsere Befehle von Admiral Hayden. Es gibt keine Garantie dafür, dass Cyclon wirklich nach Kwor fliegt und nicht woanders hin. Einen Fehler in der Einschätzung zu machen, können wir uns nicht leisten. Wir warten bei Borsty."

Das gefällt dem Captain überhaupt nicht.

„Aber, Sir…"

Torwin mischt sich in die Debatte ein.

„Captain, Sie haben gehört, was Admiral Bansheeclaw gesagt hat. Wir werden nicht nach Kwor fliegen, basta."

Die anderen nicken zustimmend. Gegen die Meinung seiner sämtlichen Vorgesetzten kommt der

Captain nicht an. Also kümmert er sich wieder um seine Arbeit.

Denn jetzt erreicht der Flottenverband unter Leons Führung endlich den Planeten Borsty. Da keine feindlichen Schiffe zu sehen sind, schickt der Captain sofort Transporter zum Planeten, um die Bodentruppen, die Hayden zurückgelassen hat, aufzunehmen.

Die Soldaten haben sich schon gesammelt und auf die Transporter gewartet. Die Allianztruppen steigen auch sofort ein und warten auf den Abflug. Als alle Leute in den Transportern sind, können diese ohne Probleme wieder starten.

Kaum sind sie ausreichend weit vom Planeten entfernt, da fliegen auch schon Jäger- und Bomberstaffeln der Allianz an ihnen vorbei und gehen auf Angriffskurs gegen den Fabrikkomplex, um ihn völlig zu vernichten. Aus einigen Kilometern Höhe werfen die Bomber schon ihre Ladung über der Fabrik ab.

Dann gehen sie zusammen mit den Jägern tiefer, um mit den Bordkanonen anzugreifen und ihr Werk zu vollenden. Die Bomben zerfetzen beim Aufprall sofort den Komplex in Stücke. Nur der Südflügel mit den Hauptmaschinenhallen bleibt verschont.

Aber den Flügel nehmen die Jäger sofort aufs Korn und feuern mit ihren Laserkanonen. Die Salve der Schiffe gräbt sich in die Decke des Südflügels. Immer wieder fliegen die kleinen Maschinen Angriffe auf das Gebäude, das langsam in einer Staublawine verschwindet. Die Laserstrahlen verwandeln das ganze Gebiet unter den Jägern in eine regelrechte Hölle.

Nach einer knappen Stunde wird der Angriff von General Reeson abgebrochen, und die Schiffe kehren zu den Kreuzern und Zerstörern zurück, die immer noch auf eine Nachricht von Imperator Hayden warten. Ein paar Nachzügler decken den Rückzug, obwohl keine Nekron-Einheiten zu sehen sind. Aber auch die letzten Maschinen landen unbeschadet in den Landedecks.

Das Geschwader der Schlachtschiffe zieht sich jetzt etwas von dem Planeten zurück. Auf Leons Befehl hin herrscht zwischen allen Kreuzern und Zerstörern absolute Funkstille, damit sämtliche Kanäle für den Empfang freigehalten werden, falls Admiral Hayden sich meldet, oder falls schwacher Funkverkehr möglicher Nekron-Überlebender aufgefangen werden kann.

Kapitel 22

*D*ie *Vendetta* jagt mit ihren Begleitschiffen mit Lichtgeschwindigkeit hinter der *Diablo* her. Der Flug dauert jetzt schon zwei Stunden. Alle Leute auf den Allianzschiffen warten auf das Ende des Fluges und fragen sich, wohin die Reise geht.

Auch Imperator Hayden sitzt in seinem Sessel wie auf heißen Kohlen. Jede Minute schaut er auf sein Chronometer. Er macht sich Gedanken, weil ihr Flug sie in ein kaum bereistes oder bekanntes Gebiet führt.

Pargon steht von seinem Kommandosessel auf und geht zu einem der Controller, einem Navigator.

„Sergeant, zeigen Sie mir eine Sternenkarte von den nächsten fünf Quadranten vor uns."

„Jawohl, Sir."

Der Sergeant betätigt einige Schalter an einer Steuerkonsole, und auf dem Bildschirm an der Wand vor ihm erscheint eine Sternenkarte.

„Und welche Systeme können beim momentanen Kurs das Ziel der Nekron-Truppen sein?"

Wieder fliegen die Finger des Navigators über die Tasten. Der Computer sucht dann seine Datenbänke ab und markiert auf der Karte zwei Systeme, die möglicherweise Cyclons Ziele sein könnten. Als eine der Möglichkeiten nennt der Computer das Hydra-

System, in dem sich ein Planet befindet, in dessen Orbit sich eine von Cyclons Baustellen befindet. Die zweite ist das Canberra-System. Es ist das größere von beiden.

Und bei diesem System fällt Pargon sofort ein Name ein.

„Amila."

Und er ist geschockt. Amila, der Todesplanet, ist das Ziel von Cyclon. Er will also sein Portal der Untoten erreichen. Den Imperator befällt ein schrecklicher Gedanke.

„Unsere Leute kämpfen noch auf Amila. Und der Rest von Cyclons Geschwader wird sicher auch dorthin unterwegs sein."

Er macht einige Schritte rückwärts vom Bildschirm mit der Sternenkarte weg. Pargon winkt anschließend Admiral Orrik herbei.

„Sir?"

Orrik stellt sich neben Pargon und wartet ab.

„Melden Sie sofort Admiral Bansheeclaw, dass Cyclon nach Amila fliegt. Er soll uns folgen. Ich erwarte ihn dort mit seinem Geschwader in spätestens zweieinhalb Stunden. Solange müssen wir durchhalten. Melden Sie unseren Truppen auf Amila, dass ihnen Nekron-Einheiten in den Rücken fallen werden. Und dass wir ihnen zu Hilfe kommen."

„Aye, Sir."

Nach wenigen Minuten kommt der Admiral zu Pargon zurück, der immer noch auf die Sternenkarte starrt.

„Sir, Admiral Bansheeclaws Schiffe sind soeben in den Hyperraum gesprungen und kommen uns zur Hilfe. Sie hoffen, den Zeitplan einhalten zu können."

Pargon nickt nur tonlos.

Wenige Minuten später erreichen die Nekron-Schiffe, die von der zweiten Hälfte von Pargons Geschwader verfolgt werden, kurz nach der *Diablo* und Pargons Restgeschwader, den Planeten Amila. Beide Geschwaderteile unter Pargons Kommando vereinigen sich wieder zu einer Armada.

Auch die vier verbliebenen Allianzkreuzer, die den Planeten bisher belagert hatten, schließen sich der Armada an, um einer Einkesselung durch die Nekron-Zerstörer zu entgehen.

Beim Rückzug der Bodentruppen vom Planeten zu den Kreuzern, der vorher noch schnell ausgeführt wurde, haben die Allianztruppen zum Glück nur geringe Verluste, weil die Nekron-Truppen nach ihrer Ankunft im System noch nicht endgültig aufgestellt waren.

Jetzt warten alle Allianzschiffe auf die Verstärkung durch Leons Geschwader.

Währenddessen landen Nekron-Einheiten auf Amila und nehmen den Planeten wieder vollständig in Besitz. Cyclon will auf den bevorstehenden Angriff der Allianz vorbereitet sein und befiehlt, dass alle Truppen, die nicht auf den Schiffen gebraucht werden, als Bodentruppen auf Amila stationiert werden.

Er selbst begibt sich mit seinen Offizieren in die Tiefe des Planeten, zu seinem persönlichen Leitstand neben dem Portal der Untoten. Cyclon hält sofort eine Lagebesprechung ab und ergreift auch selbst das Wort.

„Meine Herren, es gibt drei wichtige Punkte, die zu besprechen sind. Erstens benötigen wir so viele

Zerstörer zur Verstärkung, wie wir nur bekommen können. Zweitens müssen die Bodenbatterien und die Flugabwehrgeschütze repariert werden. Und drittens müssen wir dafür sorgen, dass unsere Streitkräfte auf Kwor die Lage wieder unter Kontrolle bekommen. Die Kopfgeldjäger müssen vernichtet werden. Was sagen Sie dazu?"

Als Erstes meldet sich Colonel Goldman zu Wort.

„Das, was Sie verlangen, ist unmöglich, Sir. Wir können keine weitere Verstärkung bekommen, weil unsere Zerstörer alle in der ganzen Galaxie verteilt sind, um auf den Planeten Aufstände zu verhindern. Außerdem können wir keine Geschütze oder Kanonen reparieren, die nicht mehr da sind. Alle Leitstellen, und auch die Geschütze selbst, sind vernichtet. Und auf die Ereignisse auf Kwor haben wir von hier keinen Einfluss mehr. Wir können nur versuchen, hier auszuhalten und die Rebellen zu schlagen. Oder wir müssen hier verschwinden, untertauchen und den Planeten aufgeben. Oder wir ziehen uns zurück und greifen auf Kwor selbst ein. Aber auf jeden Fall verlieren wir die Arbeit der letzten neun Jahre, wenn wir die Feine hier vor Ort nicht zurückschlagen. Man könnte die Geschütze auf Amila mit viel Zeit wiederherstellen, aber wenn wir fliehen, wird die Allianz diesen Planeten und das Portal in ihre Gewalt bringen."

Er zögert kurz, fährt dann aber fort.

„Und unsere anderen Außenposten, wie zum Beispiel die Waffenfabriken und Verarbeitungsstätten im Weltraum, werden auch ein Opfer unserer Feinde. Meiner Meinung nach ist unsere einzige verbliebene Chance auf einen Sieg, hier die Entscheidung herbei zu zwingen. Aber die endgültige Entscheidung müsst Ihr selbst treffen, Majestät."

Er sieht seinen Kaiser nur kurz an und setzt sich hin, um die Reaktion der schwarzen, Furcht erregenden Gestalt mit dem silbernen Totenschädel abzuwarten.

Cyclon verzieht das Gesicht hinter seiner Totenkopfmaske. Er schaut seine Offiziere der reihe nach an.

„Sind Sie alle der gleichen Meinung wie Colonel Goldman?"

Die Offiziere nicken nur wortlos mit gesenkten Köpfen. Sie wissen alle, dass es nur einen einzigen Ausweg für ihren Kaiser gibt, für alle Zeiten an der Macht zu bleiben.

Lord Cyclon, Blutkaiser des Nekron-Imperiums, muss nun auch selbst den Ernst der Lage erkennen.

Also gibt er die Befehle, mit denen er sein Reich retten will.

„Geben Sie höchste Alarmstufe. Alle Schiffe und Bodentruppen sollen in Angriffspositionen gehen. Wir werden dieses Pack zurückschlagen. Und informieren Sie alle Gouverneure auf unseren Planeten, dass sie in Kampfbereitschaft gehen sollen. Sie müssen jederzeit ebenfalls mit Angriffen von Kopfgeldjägern oder Aufständen der Bevölkerung rechnen. Das ist alle, was wir von hier aus noch unternehmen können. Aber wir werden hier kämpfen bis zum letzten Atemzug."

Kapitel 23

Zweieinhalb Stunden später erreichen nun auch endlich Leons Schiffe die wartende Armada der Allianz unweit von Amila.

Leon nimmt sofort Kontakt mit Pargon auf.

„Pargon, hier ist Leon. Gib uns die Angriffsvektoren und die Angriffsstartzeit durch. Dann können wir sofort losschlagen. Wir sind bereit."

Aus dem Lautsprecher hört man Pargon sofort antworten.

„Nein, Leon. Vor dem entscheidenden Angriff will ich Dich und die Anderen hier auf der *Vendetta* haben. Die *Freedom* ist nicht sicher genug. Wenn Ihr hier seid, werden wir alle Kreuzer und Zerstörer um den Planeten verteilen. Auch wenn Cyclon eine starke Flotte hier hat, werden wir sofort mit der Landung unserer Bodentruppen auf Amila beginnen. Die Jäger müssen dann die Transporter beschützen. Beeilt Euch, wir starten den Angriff, sobald Euer Schiff auf der *Vendetta* gelandet ist."

Leon muss einlenken.

„Ich habe verstanden. Wir sehen uns dann gleich. Ende."

Die Kameraden machen sich sofort auf den Weg zum Hangardeck. Sie holen nur noch ein paar Sachen aus ihren Kabinen.

Leon gibt. Reeson, der auch auf der Brücke erschienen ist, vorher noch letzte Anweisungen.

„Harlan, Du wirst den Jägereinsatz über Amila leiten, das ist sicher auch in Pargons Sinne."

Reeson nickt.

„Okay, aber vorher bringe ich Euch noch zu Eurem Schiff."

Zusammen gehen sie beiden zum Hangardeck, wo die restlichen Kameraden schon warten.

Als Torwin Reeson sieht, macht er ihm noch ein großzügiges Angebot.

„Hey Kumpel, ich möchte, dass Du die *Elfenklinge* nimmst. Wir sind so oft gemeinsam mit ihr in die Schlacht gezogen, und sie ist eben so schnell wie die Jäger. Wir nehmen dann eine Fähre."

Reeson gibt seinem Freund gerührt die Hand.

„Danke, Freund. Aber ich bringe Euch dann noch mit der *Elfenklinge* zur *Vendetta*. Wir wollen ja nicht, dass ihr in so einer Konserve von Fähre am Ende noch abgeschossen werdet. Das wäre mehr als peinlich für den Ruf der Allianz."

Unter den Freunden bricht großes Gelächter aus. Sogar Gimmick piepst amüsiert. Lachend gehen alle zur *Elfenklinge*, die jedem einzelnen von ihnen mindestens einmal das Leben gerettet hat. Reeson informiert eine Ersatzcrew, die auch sofort zur *Elfenklinge* kommt, um in der Schlacht die zusätzlichen Positionen an Bord zu übernehmen. Sie besetzen die Geschütze und das Cockpit. Reeson nimmt selbst auf dem Pilotensessel Platz. Die anderen setzen sich ins Passagierabteil.

Wenige Sekunden später heulen die Motoren des stolzen Schiffes auf, und es hebt vom Hangardeck ab. Erst langsam, dann immer schneller schiebt sich die *Elfenklinge* aus dem Hangar der *Freedom* hinaus ins All und nimmt Kurs auf Pargons Flaggschiffe, die *Vendetta*.

Reeson vollführt einen regelrechten Slalom zwischen den Kreuzern und Zerstörern der Allianz, bis er schließlich sein Zielschiff erreicht. Er nimmt direkten Kurs auf den Haupthangar des Behemoth. Schneller als erlaubt fliegt er hinein und landet. So schnell wie möglich steigen Leon und seine Kameraden aus dem Schiff. Sofort schließt Reeson auch die Luke wieder und bringt die *Elfenklinge* wieder aus dem Hangar heraus.

Im gleichen Augenblick heulen auf allen Schiffen der Allianz auch schon die Angriffsignale auf. Die Armada schiebt sich schon auf den Planeten Amila zu. Die Formation löst sich langsam auf und die Schiffe der Allianz legen sich wie ein großer Gürtel um den Planeten und die feindlichen Zerstörer, die sich ebenfalls zum Angriff vorbereitet und verteilt haben, um ihren Blutkaiser zu beschützen.

Als die Schiffe der Allianz nah genug herangerückt sind, stoppen sie vorerst. Mittlerweile sind auch Leon und die Anderen auf der Brücke der *Vendetta* bei Pargon eingetroffen.

Pargon grüßt nur kurz. Es gibt viel zu tun.

„Torwin, ich möchte, dass Du den Angriff der Bodentruppen leitest. Du musst also so schnell wie möglich an Bord eines Transporters gehen und das Kommando übernehmen. Deine Kommandeure sind informiert. Und sorge bitte dafür, dass unten alles schnell geht. Wir haben keine Zeit zu vergeuden."

Er legt Torwin die Hand auf die Schulter. Dieser klopft Pargon auf die Hand, die auf seiner Schulter liegt.

„Beruhige Dich, Pargon. Ich bin schon weg. Gib mir ein paar Stunden, dann ist alles vorbei."

Er gibt Kaya und Apollo einen Kuss und macht sich auf den Weg zu seinem Schiff im Hangar des Behemoth. An Bord seines Transporters angekommen wartet er auf das Startsignal von der Brücke. Pargon bespricht sich auf der Brücke noch einmal mit Leon.

Dann gibt er Admiral Orrik ein Zeichen, und dieser aktiviert wieder die Alarmsirenen, die beim Halt der Flotte verstummt waren.

Sofort zünden die Triebwerke sämtlicher Transporter und Kampfflieger auf allen Schlachtschiffen. Sie heben sofort simultan ab und nehmen Kurs auf Amila. Die Transporter werden zum Schutz von den Jagdstaffeln umringt.

Allen Schiffen, die die *Vendetta* verlassen voran, fliegt die *Elfenklinge*. Aus dem Gürtel der Allianzschlachtschiffe fliegen die Transporter in Richtung des Planeten. Sie erscheinen wie eine Schlinge, die sich immer enger um den Planeten legt.

Doch sofort starten auch von den Nekron-Schiffen Abfangjäger zum Angriff auf die Transporter. Und auch die Zerstörer wollen sich an der Vernichtung der Truppentransporter beteiligen.

Doch Pargon und Leon beobachten die Szenerie vom Brückenfenster der *Vendetta*. Von ihnen geht sofort ein Befehl an den Flottenleitstand weiter und die Schlachtschiffe der Allianz setzen sich wieder in Bewegung.

Kaya bringt währenddessen Apollo in eine Kabine. Gonron und die Droiden bleiben bei ihr, obwohl Gonron lieber Torwin gefolgt wäre. Doch er soll auf Torwins Sohn und seine Frau achten, und wenn Gefahr droht, sie in Sicherheit bringen. Eine Fähre steht extra im Hangar bereit.

Nun schließt sich auch der Gürtel der Allianz-Schlachtschiffe immer enger um Amila und seine Verteidiger. Sobald die Schiffe auf Schussweite an die Nekron-Zerstörer herangekommen sind, eröffnen sie sofort das Feuer aus den Buggeschützen. Auch die Nekron-Schiffe konzentrieren ihr Feuer jetzt auf die feindlichen Großkampfschiffe. Trotz des starken Feuers rücken die Allianzschiffe weiter vor.

Nur die Nekron-schiffe bewegen sich nicht von der Stelle. Sie warten immer noch darauf, dass die Transporter ein klares Ziel bieten. Sie kommen aufgrund ihrer geringeren Größe erst später in Schussweite als die Großkampfschiffe, die kaum zu verfehlen sind.

Allerdings geraten die Transporter jetzt in Gefahr durch das Kreuzfeuer und mögliche Zufallstreffer. Aber die Piloten der Truppentransporter wissen, dass es um ihr eigenes Leben geht. Aber nicht nur das, sondern auch um das Überleben der gesamten Allianz, bestehend aus dem Hadon-Imperium des Drachenordens und der Republik der Druiden. Sie setzen ihr gesamtes Können ein, um die Transporter unbeschadet durch die Blockade zu bringen.

Auch die Jagdpiloten der Allianz haben alle Hände voll zu tun. Denn die Piloten des Nekron-Imperiums sind sehr hartnäckig. Doch auch sie sind durch die Laser der Zerstörer und Kreuzer beider Seiten bedroht. Aber trotzdem versuchen die Piloten der Nekron-Marine, sich immer wieder auf die Transporter zu stürzen und sie zu vernichten. Doch meistens greifen sofort die Jäger der Allianz ein. Aber immer wieder feuern die Nekron-Jäger, die an den Allianzabfangjägern vorbeikommen, mit ihren Bordwaffen auf die Transporter. Da die Transporter leider nicht allzu stark gepanzert sind, gleichen solche Angriffe einem Tontaubenschießen.

Während die Transporter immer näher an den Planeten heranrücken, fallen mehrere von ihnen trotz der guten Jagdverteidigung dem Nekron-Imperium zum Opfer.

Die Zerstörer und Kreuzer der Allianz nehmen mittlerweile aber auch die Jäger des Nekron-Imperiums aufs Korn, um den Transportern noch mehr Schutz zu bieten. Mit dem Sperrfeuer der Großkampfschiffe und der Allianzjäger werden die Nekron-Jäger endlich mehr und mehr dezimiert. Allerdings können die Schlachtschiffe der Allianz ihr Feuer nicht mehr lange auf die feindlichen Jäger konzentrieren, weil die Nekron-Zerstörer im Gegenzug begonnen haben, einen konzentrierten Beschuss der Transporter zu eröffnen.

Die Schiffe der Allianz gehen jetzt noch näher an die Nekron-Zerstörer heran, um für die Transporter als Schutzwall zu dienen. Die Allianz-Kampfraumer fangen die Laserstrahlen der Zerstörer ab und feuern mit ihren eigenen Laserbatterien zurück.

Geschützt durch die eigenen Schlachtschiffe können die Transporter endlich die Blockade des Nekron-Imperiums durchbrechen und setzen zur

Landung auf dem Planeten an. Da keine Luftabwehr auf Amila mehr intakt ist, und die Handfeuerwaffen der feindlichen Bodentruppen zu schwach sind, um den Transportern Schaden zufügen zu können, gibt es keine weiteren Verluste. In aller Eile stürzen überall auf dem Planeten Allianzsoldaten aus den Transportern und gehen in Stellung.

Auf der *Vendetta* erhält Pargon die Meldung von der erfolgreichen Landung der Bodentruppen durch Admiral Orrik.

Dennoch hat der junge Imperator eine Nachfrage.

„Wie viele Transporter haben wir bei der Aktion verloren?"

„Zwölf Transporter, Sir."

„Danke, Orrik. Lassen Sie alle Transporter trotzdem wieder zurückkehren. Die Gefahr, dass sie am Boden zerstört werden, ist noch höher."

Der Admiral runzelt die Stirn.

„Aber was ist mit unseren Bodentruppen? Was ist, wenn wir uns schnell zurückziehen müssen?"

Pargon schüttelt den Kopf.

„Es wird keinen Rückzug geben, Admiral. Wir kämpfen bis zum letzten Mann. Wir hatten schon zu hohe Verluste, um uns neu zu formieren und später noch einmal gegen Cyclon zurückzuschlagen. Und aufgeben steht nicht zur Debatte."

Admiral Orrik geht wortlos zu einer Kommunikationskonsole, um die Befehle weiterzugeben, obwohl es ihm nicht ganz in den Kram passt.

Kurze Zeit später heben die Truppentransporter wieder von der Planetenoberfläche ab und nehmen

Kurs auf ihre Mutterschiffe, unbehelligt durch die Zerstörer des Nekron-Imperiums, weil die Nekron-Offiziere wissen, dass sich keine Truppen mehr an Bord befinden. Sie halten die gegnerischen Großkampfschiffe nun für die größere Gefahr.

Reeson fegt mit der *Elfenklinge* zwischen den Zerstörern des Blutkaisers hin und her und jagt die feindlichen Abfangjäger, gefolgt von seiner ganzen Gruppe Gold.

„Reeson an alle. Gruppe Gold folgt mir zu einem geordneten Anflug. Wir nehmen uns einen feindlichen Zerstörer vor. Alle anderen Gruppen werden ebenfalls jeweils einen Zerstörer angreifen. Die Zielauswahl liegt bei den Gruppenführern. Versucht, so viele Zerstörer wie möglich auszuschalten. Gruppenführer übernehmen jetzt. Viel Glück. Reeson, Ende."

Die Jäger formieren sich jetzt zu Einheiten und greifen befehlsgemäß einzelne Nekron-Zerstörer an und unterstützen dabei ihre eigenen Zerstörer und Kreuzer bei der Vernichtung der feindlichen Blockadelinie. Auf vielen Schiffen beider Seiten sind schon etliche Brände ausgebrochen.

Und auch auf dem Planeten tobt mittlerweile eine riesige Schlacht. Die Nekron-Truppen versuchen größtenteils, die Wege zum Innern des Planeten und die letzten verbliebenen Computerzentren zu schützen. Denn ihre Offiziere wollen später die Verteidigung des Planeten wiederaufbauen und nicht mehr neu bauen müssen als nötig.

Die Allianztruppen attackieren hauptsächlich die Wege ins Innere, weil sie an die Führung des Nekron-Imperiums und das Portal der Untoten herankommen wollen, bevor es endgültig aktiviert werden kann.

Sollte Cyclon es schaffen, das Portal zu aktivieren, würden ihm tausende untoter Kreaturen als Truppen zur Verfügung stehen und die Gefahr für die Galaxis ins Unermessliche steigern.

Es ist nun das erste Mal, dass die Bodentruppen der Allianz den Truppen des Nekron-Imperiums in Armeestärke gegenüberstehen. Doch haben sie dieses Mal, im Gegensatz zu den Rebellen im Kampf gegen den früheren Imperator, Pargons Imperium auf ihrer Seite. Denn hier auf Amila kämpfen ehemalige Rebellen und Pargons Stoßtruppen Seite an Seite gegen Cyclons Armee.

General Torwin, Oberbefehlshaber der Bodentruppen, versucht einen Überblick über die Lage zu bekommen. Schon nach kurzer Zeit erkennt er die Taktik der Nekron-Verbände, obwohl seine Sicht durch eine große Anzahl von Gebäuden und Bunkern, von denen es auf Amila nur so wimmelt, gehemmt wird. Aber diese Gebäude sind auch ein großer Vorteil für die Allianzstreitkräfte. Wegen Platzmangels können die Nekron-Truppen keine Drachengolems oder anderes schweres Gerät einsetzen.

Torwin gibt seine eigene Taktik an seine Truppen weiter.

„Achtung, hier spricht das Oberkommando. Konzentriert die Angriffe auf die Zugänge zum Planeteninnern. Wenn wir es schaffen, einen von Ihnen zu knacken, dann kommen wir auch an Blutkaiser Cyclon und das Portal der Untoten heran. Dann beenden wir diesen Krieg."

Auf der *Vendetta* erhält Leon einen Funkspruch von der *Freedom*. Er erhält wichtige Informationen, die er umgehend an Pargon weitergibt.

„Wir haben endlich Deinen Vater unter den Gefangenen gefunden. Er ist auf der *Farragut*."

Als Pargon das hört, schlägt er sich die Hand vor die Stirn.

„Ach Du meine Güte. Ich habe ihn im Eifer des Gefechts ja fast vergessen."

Leon hat noch eine Frage.

„Sollen wir ihn hierher bringen lassen?"

Pargon winkt ab.

„Auf keinen Fall. Nicht mitten in der Schlacht. Das ist zu gefährlich. Bis zum Ende der Schlacht muss er auf dem kreuzer bleiben. Sonst ist die Gefahr zu groß, dass seine Fähre abgeschossen wird. Es ist wirklich zu riskant."

Leon stimmt ihm zu.

„Da hast Du wohl Recht. Du hast Jahre gewartet, da werden ein paar Stunden jetzt auch keine große Bürde sein."

Pargon klopft Leon auf die Schulter, und die beiden stellen sich wieder vor das Brückenfenster, das seinen Namen ja eigentlich momentan gar nicht verdient, denn es fungiert Momentan nicht als solches. Es ist jetzt ein Monitor, der die Außenwelt aus der Sicht des Brückenaufbaus projiziert. Denn die Brücke wurde zu Kampfbeginn ja ins Innere des Schiffsrumpfes eingefahren. Diese Sicherheitsvorrichtung hat Pargon selbst konzipiert.

Kapitel 24

Cyclon hat vorübergehend seinen Bunker verlassen, um sich tiefer ins Innere des Planeten zu bewegen. Er steht allein vor dem Portal der Untoten, seiner potentiell größten Waffe und dem Werkzeug zum Untergang seiner Feinde. Seine Wachen hat er vor dem Zugang zurückgelassen.

Es ist der einzige Zugang zu der riesigen Kaverne, in der sich der Schatz des Blutkaisers befindet, und somit besteht keine Gefahr für den Blutkaiser.

Das Portal, ein Blutroter Steinring mit einem Durchmesser von Zehn Metern, ist teilweise aus alten Artefakten zusammengesetzt, die Cyclon auf seiner Suche nach der Macht der alten Nekromanten gesammelt hat. Ergänzt hat er diese mit Hilfe seiner eigenen dunklen Kräfte.

Jetzt bildet das Portal wie schon einmal vor tausenden von Jahren, seine Ringform und wartet darauf, fertig gestellt und aktiviert zu werden.

Und genau daran arbeite Blutkaiser Cyclon jetzt fieberhaft. Er setzt die letzten Artefaktkristalle in den Ring ein und verteilt rund um das Portal sieben uralte magische Steine, die er zur Aktivierung benötigt.

Dann beginnt er mit Beschwörungen in einer alten Sprache, die aus dem schwarzen Almanach der Nekromantie stammt, den ein mächtiger Nekromantenkaiser vor ewigen Zeiten geschrieben, und den Cyclon in der dunklen Burg Pharsos wiederentdeckt hat. Bis heute ist Cyclon der einzige Mensch, der die Burg lebend wieder verlassen hat und ihre Lage kennt.

Am Ende seiner Beschwörungen ist Cyclon zufrieden. Im Innern des roten Steinkreises beginnt es langsam zu leuchten. Wenn die Leuchtkraft ihre volle Stärke erreicht haben wird, ist das Portal vollständig aktiviert und Cyclon kann es zu seinen Zwecken einsetzen.

„Sieben Stunden sind alles, was ich jetzt noch brauche. Dann wird eine mir bedingungslos gehorchende Armee durch dieses Portal kommen und niemand wird sie aufhalten können. Und diese Rebellen auf dem Planeten werde ich auch umwandeln und zu meinen Dienern machen.

Cyclons böses Gelächter erfüllt die ganze Kaverne.

Kapitel 25

*D*Er Captain des Nekron-Zerstörers *Anadyr*, Captain Garrovick, ist äußerst unzufrieden mit der Kampfstrategie seines Blutkaisers Lord Cyclon.

Er steht vor den Monitoren auf der Brücke, zusammen mit seinem Exekutivoffizier, Commander Bourke.

„Warum hängen wir hier allein herum und kämpfen hier gegen diese Rebellen, während der Großteil unserer Flotte in der ganzen Galaxis verstreut ist? Warum holt Cyclon keine Verstärkung? Dieser Kampf hier ist der reine Wahnsinn bei unserer Truppenstärke. Es besteht eine viel zu große Gefahr für uns. Aber Cyclon muss ja immer mit dem Kopf durch die Wand."

Der Captain ist äußerst erregt.

Commander Bourke steht nur sprachlos neben ihm. Er kann nicht glauben, was der Captain gesagt hat. Inhaltlich ist er der gleichen Meinung wie sein Vorgesetzter, aber es hat noch nie jemand gewagt, den Blutkaiser öffentlich zu kritisieren.

Dass schon hohe Offiziere anfangen, an Cyclon zu zweifeln, ist ein gutes Beispiel für die schlechter werdende Moral der Truppen.

- - -

Genau so sieht es langsam auch bei den Bodentruppen aus. Im Gegensatz zu den Allianztruppen, für die diese Schlacht überlebenswichtig ist, verlieren die Nekron-Einheiten langsam aber sicher den Mut zu kämpfen, weil sie von immer mehr Allianzeinheiten bedrängt werden.

Die Truppen der Allianz legen immer mehr Druck in ihren Angriff. Immer und immer wieder stoßen sie gegen die eingegrabenen Truppen des Nekron-Imperiums vor, um die Zugänge zum Planeteninnern zu erobern.

Da der offene Kampf nichts bringt, verschanzen sich die Nekron-truppen in Gebäuden rings um die Angriffsziele der Allianz. Sie feuern aus den Gebäuden auf die Angreifer, die ungeschützt in ihren Deckungen hin und her laufen.

Aus dem All betrachtet ist Amila ein einziges Meer von Lasersalven.

Der Allianzcommander Ross prescht mit seinen Leuten gegen eine Stellung der Nekrons vor. Er kommt allerdings nicht weit. Durch die verschanzten Stoßtruppen werden er und seine Männer einfach niedergemäht.

Aber den Nekron-Einheiten, die Gegen-offensiven starten, geht es auch nicht besser. Sie werden von den Soldaten der Allianz ebenso schnell getötet. Es scheint eine ausweglose Lage am Boden zu sein – für beide Seiten.

Kapitel 26

*I*m Weltraum tobt auch weiterhin eine große Schlacht. Reesons Angriffstrategie zeigt langsam Erfolge. Durch die gebündelten Angriffe der Jäger sind einige Nekron-Zerstörer äußerst stark beschädigt.

Zwei von Ihnen, die *Urunium* und die *Coral*, wollen die *Vendetta* mit in den Tod reißen. Sie nähern sich langsam dem Flaggschiff des Hadon-Imperiums und momentan der Allianz, um es zu rammen.

Doch sie werden auch weiterhin von Reeson, seine Gruppe Gold und auch durch die Gruppe Blau beschossen. Außerdem eröffnet jetzt auch der angepeilte Behemoth konzentriert das Feuer auf die beiden angreifenden Schlachtschiffe. Immer mehr Brände brechen auf den beiden Schiffen des Nekron-Imperiums aus und fügen ihnen schwere Wunden zu.

Kurz darauf, noch zu weit weg von der *Vendetta*, erliegen sie diesen Wunden. Beide Zerstörer explodieren kurz nacheinander und verglühen im Weltraum. Das Einzige, was sie mit in den Tod nehmen, sind zwei Jäger, die zu nahe bei ihnen geflogen sind, als die Zerstörer explodiert sind.

Sofort nach der Explosion gehen die Gruppen Gold und Blau zum Angriff auf andere Zerstörer des Feindes über.

Die *Vendetta* kümmert jetzt um ein paar andere, bereits von Jägern zerschossene Zerstörer, um ihnen den Todesstoß zu versetzen. Ihr nächstes Ziel sind die *Corona* und die *Grissom*. Die beiden Schiffe stehen andauernd unter Beschuss durch die Gruppen Rot und Grün der Allianz und auch schon in Flammen.

Die *Vendetta* ignoriert alle anderen Zerstörer und nimmt Kurs auf die *Corona*, um ihr den Rest zu geben. Danach ist dann die *Grissom* an der Reihe. Die anderen Allianzzerstörer und Kreuzer kümmern sich um die anderen Schlachtschiffe des Feindes.

Zwischen den Großkampfschiffen liegt ein dichtes Netzt aus Laserstrahlen. Dieses engmaschige Netzt macht es für die verbliebenen Nekron-Jäger unmöglich, die Jäger unter Reesons Kommando anzugreifen, während diese die feindlichen Zerstörer so zerfetzen, damit die *Vendetta* sie ohne Probleme vernichten kann, so wie sie es jetzt mit der *Corona* versucht.

Doch auch andere Zerstörer nehmen mehr Schaden, während der Behemoth auf seinem Weg aus allen Rohren auf Alles feuert, was ihm in die Quere kommt. Ein paar feindliche Zerstörer, aber leider auch ein eigener Kreuzer, werden durch die Salven der *Vendetta* angeschossen.

Jetzt endlich ist das Flaggschiff der Allianz auf Schussweite an die Corona herangekommen. Die Laserstrahlen des Schiffes tasten sich langsam an die Corona heran und beginnen, ihre Außenhaut zu zerfressen.

Durch das Brückenfenster betrachten Leon und Pargon, wie sich die *Corona* durch ihre Beschädigungen in einen Feuerball verwandelt.

Doch plötzlich explodiert auch ein Kreuzer der Allianz, als er von einem angeschlagenen Nekron-Zerstörer gerammt wird. Aber dieser Anschlag galt eigentlich der *Vendetta.*

Doch im Gewühl der Schlacht spielen die Sensoren verrückt, und niemand bemerkt anfliegende Schlachtschiffe früh genug. Dieser Schock sitzt tief bei der Crew des Flaggschiffs.

Ohne abzuwarten oder Pargon und Leon zu fragen, reagiert Admiral Orrik auf die Gefahr. Er gibt gleichzeitig Befehle an die Steuerleute des Schiffs und an die Com-Techs.

„Abdrehen und Kurs auf den nächsten angeschlagenen Feind nehmen. Passen Sie ansonsten auf anfliegende Feindschiffe auf. Alle Batterien sollen gezieltes Feuer auf anfliegende Schiffe und unser nächstes Ziel eröffnen. Und rufen Sie alle Jäger zur Vendetta zurück. Sie sollen sich um uns herum formieren und uns vor Selbstmordattacken schützen. Das gleiche gilt für die Zerstörer *Equalizer* und *Fortune.* Sie sollen uns eskortieren. Die Sicherheit des Flaggschiffs hat höchste Priorität."

Diese befehle lösen eine große Hektik auf der Brücke aus, als die Befehle an die anderen Schiffe weitergeleitet werden.

Als die Order durch die Kopfhörer der Fliegerhelme zu hören ist, flucht Reeson vor sich hin.

„Ausgerechnet jetzt, wo wir gerade so erfolgreich gegen die Zerstörer vorgehen, müssen wir beidrehen. So ein verdammter Orkmist."

Aber Befehl ist Befehl. Deshalb dreht Reeson von dem Zerstörer ab, den er gerade mit seiner Staffel attackiert und fliegt zurück zu seinem Mutterschiff.

Auch alle anderen Gruppen brechen ihre Angriffe ab und fliegen ebenfalls zurück. Sie formieren sich kugelförmig um die *Vendetta* und gehen in Verteidigungsposition.

Auf den angeschlagenen Schiffen des Nekron-Imperiums, die von den Jägergruppen der Allianz bisher beschossen wurden, bricht großer Jubel aus, weil die Mannschaften glauben, dass es sich bei diesem Manöver um den Rückzug der Allianz handelt.

Zu ihrem Unglück wird dieser Irrtum bald aufgeklärt. Denn jetzt kümmern sich die Zerstörer und Kreuzer der Allianz sofort um die angeschlagenen Schiffe. Die noch intakten Zerstörer der Nekrons haben noch eine Galgenfrist. Einige von ihnen werden dennoch ebenfalls angegriffen.

Die Schiffe der Allianz sind jetzt schon in einer großen Überzahl gegenüber dem Nekron-Imperium, das immer größere Verluste hinnehmen muss.

Auf Cyclons Befehl aus seinem Bunker hin, nimmt der Zerstörer *Orion* Kurs auf die Vendetta, um sie zu rammen, wie es schon die *Skull* bei Borsty und andere versucht haben. Die *Orion* manövriert durch die anderen Schiffe zu ihrer Hinrichtung.

Für die Einheiten, die die *Vendetta* vor genau solchen Angriffen beschützen sollen, ist es äußerst schwer, anfliegende Angreifer zu orten, weil der Raum über Amila total mit Schiffen überfüllt ist.

Aber sie entdecken die *Orion* dennoch rechtzeitig. Die Jägerstaffeln und die beiden Begleitzerstörer *Equalizer* und *Fortune* greifen die *Orion* gemeinsam an, als sie bis auf drei Kilometer herangekommen ist. Obwohl die *Orion* während des Angriffs auf höchste Unterlichtgeschwindigkeit beschleunigt, kommt sie nur noch einen Kilometer weiter, bevor die Verteidigungsstreitkräfte der Allianz und die Laserbatterien der *Vendetta* sie in Stücke schießen.

Als sich die *Orion* mitsamt ihrer Mannschaft in eine gigantische Fackel und dann in eine Explosion verwandelt, ziehen sich die Rebellenschiffe wieder in ihre Eskortpositionen zurück.

Nur fünf Jäger wurden durch die Explosion der *Orion* vernichtet, und die *Fortune* hat leichte Schäden erlitten. Für die Allianz ist dies immer noch ein guter Tausch.

Kapitel 27

*D*ie Truppen der Allianz sammeln sich auf Amila momentan zu einem konzentrierten Angriff auf einen Eingang zum Planeteninnern, um den Kampf endlich so schnell wie möglich durch die Gefangennahme des Blutkaisers Cyclon zu beenden.

General Torwin, der Oberbefehlshaber der Bodentruppen, hat so viele Einheiten wie möglich zu seinem Standort am Äquator des Planeten Befohlen.

Durch die Masse der Allianztruppen, die heranströmen, sind die Nekron-Soldaten gezwungen, sich aus den Gebäuden, die von der Allianz umzingelt werden, zurück zu ziehen. Viele von ihnen werden auf dem Rückzug getötet, weil ihnen niemand Rückendeckung gibt. Denn die Nekron-Einheiten reagieren ansonsten nicht auf die Konzentration der Allianztruppen.

Weil die Befehlshaber des Nekron-Imperiums nicht nah genug am Geschehen sind, im Gegensatz zu General Torwin bei der Allianz, haben sie keinen richtigen Überblick über den Verlauf der Schlacht. Deshalb herrscht bei den Stoßtruppen auch ein einziges Chaos.

Nur wenige Einheiten folgen den Allianztruppen zum neuen Mittelpunkt der Schlacht als Verstärkung der eingeschlossenen Nekrons.

Die übrigen Einheiten bleiben sinnloserweise auf ihren Posten.

Als sich die meisten der Allianztruppen aus diesem Quadranten gesammelt haben, gibt General Torwin den Angriffsbefehl. Der Platz, der den Einheiten für den Angriff zur Verfügung steht, ist äußerst knapp bemessen für so viele Soldaten. Doch sie laufen zwischen den Gebäuden entlang auf die Stoßtruppen zu, die sich verschanzt haben, um die Allianztruppen abzufangen, bevor sie den Zugang einnehmen und ins Innere des Planeten vordringen können.

Die Nekron-Stoßtruppen feuern ungezielt in die Menge der angreifenden Allianzsoldaten. Doch auch diese feuern zurück. Der Mangel an Zielen wird durch die Zahl der Salven ausgeglichen. Auf beiden Seiten gibt es immense Verluste. Doch weder die Allianzsoldaten noch die Nekrons weichen zurück.

Die Truppen der Allianz rücken so zahlreich vor, wie es der Platz zwischen den Gebäuden erlaubt. Egal wie viele Allianzsoldaten fallen, der Strom der angreifenden Truppen reißt nicht ab. Trotz der Verluste stürmen sie weiter dem erhofften Sieg entgegen.

Langsam bemerken die Offiziere der einzelnen Nekron-Einheiten, was gespielt wird. Aber anstatt den anderen Einheiten im Hauptkampfgebiet zu helfen, versuchen sie mit dem Befehlshaber in Verbindung zu treten. Doch da alle Offiziere es zur nahezu gleichen Zeit versuchen, ist die Kommunikation total überlastet, und nur eine Einheit kommt durch.

Der Kommunikationsoffizier der Leitstelle gibt, ohne seine Vorgesetzten zu fragen, den Befehl, den Allianztruppen zu folgen und sie in die Zange zu nehmen. Danach versucht er, diesen Befehl auch an die anderen Einheiten durchzugeben. Trotz des Chaos in der Leitung erreicht er einige wenige Einheiten, die auch sofort aufbrechen. Aber es ist bereits zu spät.

Die Nekron-Soldaten, die zurzeit die Stellung noch halten, sind bereits so stark durch den unaufhörlichen Angriff der Allianz dezimiert, dass sie jetzt einfach überrannt werden. Einige wenige überleben das Massaker, aber auch sie können nicht verhindern, dass die Soldaten der Allianz den Zugang zum Planeteninnern erobern und sichern.

Torwin dringt sofort mit einigen Leuten ein, während andere Soldaten, die zu Hunderten angerückt sind, das gesamte Gelände abriegeln.

Die Wachen in den unterirdischen Gängen greifen Torwin und seine Männer sofort an. Aber weil niemand auf ein so massives Eindringen der Allianz vorbereitet war, sind es zu wenige Wachen, um Torwins Gruppe aufzuhalten. Sie müssen sich nach kurzer Zeit zurückziehen, um möglicherweise tiefer im Innern mehr Wachen einzusammeln und Cyclon beschützen zu können.

Torwin stoppt zwischendurch den Vormarsch, um seinen Leuten eine kurze Verschnaufpause zu gönnen. Er will der *Vendetta* Bericht erstatten. Mit seinem Kommunikator nimmt er Kontakt mit dem Schiff auf. Der Kommunikationsoffizier der *Vendetta* leitet das Gespräch sofort zu Pargon weiter.

„Hallo, Torwin. Hier ist Pargon. Wie ist die Lage?"

„Deshalb melde ich mich ja. Wir haben einen Zugang erobert und sind ins Planeteninnere vorgestoßen. Allerdings noch nicht allzu weit. Wir sind noch am Anfang. Sollen wir sofort weiter vorrücken?"

Pargon überlegt kurz.

„Nein, Torwin. Ihr werdet vorerst nur die Position sichern. Ich komme persönlich zu Euch. Um Cyclon muss ich mich selbst kümmern. Der ist ein paar Nummern zu stark für Euch."

General Torwin widerspricht ihm sofort heftig.

„Auf keinen Fall, Pargon. Du hast zwar den höheren Rang, aber ich verbiete es Dir trotzdem. Leon und auch die anderen werden mir zustimmen."

Torwin kann gar nicht glauben, was Pargon da vorhat.

Aber auch der junge Imperator ist widerrum mit Torwins Meinung nicht einverstanden.

„Du kannst sagen, was Du willst, Torwin, aber ich komme zu Euch herunter. Gib mir Deine Koordinaten, dann komme ich mit Reeson."

Torwin will noch einmal widersprechen, lässt es aber sein. Er gibt Pargon die Koordinaten durch und schaltet wieder ab.

Pargon lässt die Kommunikation auf die Frequenz der Jagdstaffeln umstellen und ruft die *Elfenklinge*.

„General reeson, ich brauche Sie. Ich muss zum Planeten hinunter. Kommen Sie sofort zurück zur Vendetta. So schnell wie möglich."

„Aye, Sir. In fünf Minuten bin ich da."

Pargon schaltet nun auch seinen Kommunikator ab.

Leon, der die ganze Zeit hinter Pargon gestanden hat, will ihm allerdings auch abraten.

„Pargon, das ist wirklich zu gefährlich. Aber Du hast ja einen fürchterlichen Dickschädel. Also geh. Und möge die Kraft der erde Dich schützen."

Pargon lächelt ihn an und dreht sich um. Dann geht er los. Admiral Orrik will ihm folgen, aber Pargon winkt ab.

„Bleiben Sie bei Admiral Bansheeclaw. Ich gehe allein."

Wenige Sekunden später hat er die Brücke verlassen.

Kapitel 28

*V*or Cyclons Bunker sammeln sich mehrere Dutzend Wachen, um den Allianztruppen entgegen zu treten. Mehr Wachen konnten in so kurzer Zeit nicht zusammengerufen werden, denn sie sind über die Gänge im ganzen Planeten verteilt, und viele sind weit vom Bunker entfernt, weil er natürlich nicht im heißen Planetenkern, sondern immer noch vergleichsweise nah an der Oberfläche liegt.

Cyclon muss sich also mit den wenigen Wachen zufrieden geben. Von der Planetenoberfläche sind allerdings noch rechtzeitig zwei seiner Schüler erschienen, die dort Truppenteile angeführt haben, nachdem sie von Borsty hier angekommen sind.

Auch der dritte Schüler, Mod, erscheint mit einigen seiner Offiziere aus dem Bunker an der Oberfläche, von wo aus er sich den Weg hierher freikämpfen musste.

Cyclon verlässt seinen Leitstand und gibt letzte Befehle zur Verteidigung des Planeten.

„Alle Einheiten auf der Oberfläche sollen die Allianz weiter angreifen. Sie sollen sie zurückschlagen. Die Wachen hier werden den Leitstand beschützen. In ihm befinden sich die Kontrollen für die Selbstzerstörung des Portals, damit es im Zweifel nicht in Feindeshand fallen kann. Die Allianz darf den Leitstand niemals erreichen. Das Portal darf nicht zerstört werden und muss unter unserer Kontrolle bleiben."

Dann wendet er sich an seine Schüler.

„Num, Verr, Mod, Ihr bleibt auch hier und bewacht den Leitstand. Ich verlasse Euch, um rechtzeitig beim Portal zu sein. Nur Colonel McCoy und Major Carson werden mich begleiten. Leon Bansheeclaw wird hier sicher ebenfalls auftauchen. Dann werde ich mich persönlich um ihn kümmern. Für den Tod meines Vaters soll er mir noch büßen. Ich hoffe, dass ihr drei Erfolg habt. Solltet ihr aber überrannt werden, kommt ihr sofort zum Portal. Ihr seid meine besten Schüler. Eure Ausbildung hat zu viel Zeit gekostet, als dass ich Euch verlieren möchte. Denkt daran."

Ohne irgendeine Reaktion abzuwarten, geht Cyclon mit seinen zwei Offizieren durch den rückwärtigen Ausgang des Leitstands in Richtung Portal.

Kapitel 29

*P*argon steht mit seiner Leibwache im Haupthangar der *Vendetta*.

Die *Elfenklinge* schwebt gerade in den Hangar ein und setzt auf dem glatten Stahlboden auf. Die Rampe des Schiffes fährt herunter und Reeson kommt heraus, um Pargon zu begrüßen. Die beiden Männer reichen sich die Hände.

Reeson neigt leicht den Kopf.

„Steigen Sie ein, Sir. Wir können sofort starten. Soll Ihre Leibwache mit?"

„Nein, ich fliege allein mit Ihnen."

Er folgt Reeson in die Elfenklinge und schnallt sich im Passagierabteil des Schiffes an. Reeson übernimmt wieder seinen Platz im Cockpit. Er startet das Triebwerk, und sein Copilot aktiviert die automatische Steuerung zum Verlassen des Hangars.

Als die *Elfenklinge* den Hangar verlassen hat, geht Reeson auf Handsteuerung und nimmt Kurs auf Torwins Koordinaten. Er hofft, dass er dort überhaupt landen kann.

Während die *Vendetta* sich mit neuen Angreifern herumschlägt, fliegt Reeson durch die Zerstörerblockade hindurch zum Planeten. Über die Planetenoberfläche hinweg, fliegt er den Koordinaten entgegen.

Seine Bordschützen feuern auf alle Nekron-Truppen, die ihnen unterwegs vor die Rohre geraten. Reeson fällt auf, dass alle Einheiten, die er sieht, auf den Zugang, den die Allianz besetzt hält, zu marschieren.

Die *Elfenklinge* schwebt schließlich über dem besetzten Gebiet ein. Reeson sucht einen Landeplatz. Es gibt aber keinen, bis endlich die Allianzsoldaten, auf einem ansonsten freien Platz, wo normalerweise Nekron-Fahrzeuge gelagert waren, den Platz räumen.

Dann setzt Reeson zur Landung an und bringt die *Elfenklinge* auf dem jetzt freien Stück Land zum Stillstand.

Pargon verlässt als Einziger das Schiff, das sofort, nachdem die Rampe eingefahren ist, wieder startet. Pargon wird sofort von Allianztruppen umringt, die ihn vor Anschlägen durch Nekron-Soldaten schützen wollen. Mitten in einer Traube von Männern läuft Pargon mit schnellen Schritten zum Einstieg in das unterirdische Labyrinth.

Im gleichen Augenblick, als die *Elfenklinge* wieder Kurs auf die *Vendetta* nimmt, startet ein Jäger der Waldläuferklasse vom Flaggschiff und fliegt zum Planeten hinunter. Leon sitzt am Steuer, mit Gimmick als Copiloten. Leon will nicht, dass Pargon sich allein Cyclon und dessen drei Schülern stellt, die sich wahrscheinlich auch auf dem Planeten aufhalten. Deshalb folgt er Pargon, um ihm zu helfen, beim Kampf gegen die Macht der Todesmagie.

121

Pargon hat mittlerweile Torwin und seine Leute erreicht, die sich in einem der Gänge fast häuslich niedergelassen haben.

Bei Torwin setzt er sich auf den Boden, und die beiden unterhalten sich über die Lage in den unterirdischen Gängen. Aber es gibt keine nennenswerten Neuigkeiten, weil sich die Nekron-Truppen in den Gängen ruhig verhalten.

Pargon will jetzt aber den Kampf so schnell wie möglich beenden.

„Torwin, schnapp Dir so viele Leute wie möglich und durchsuche alle Gänge. Irgendwo muss es einen Leitstand geben, und dort befindet sich bestimmt auch eine Vorrichtung für die Selbstzerstörung des Portals der Untoten. Cyclon würde es nie in unsere Hände fallen lassen, also muss er so was eingebaut haben. Wenn Du die Vorrichtung erreicht hast, dann warnst Du alle Truppen an der Oberfläche und gibst den Befehl zum Rückzug, bevor Du die Selbstzerstörung aktivierst. Wie ich die Todesmagie kenne, wird die Zerstörung des Portals den gesamten Planeten vernichten. Wenn alle dann die Transporter bestiegen haben, bleiben zwei noch für Dich und Deine Truppen am Boden. Du stellst also den Zeitzünder auf zehn Minuten und machst, dass Du mit Deinen Leuten hier weg kommst. Ich hoffe, dass Du den Leitstand schnell findest und nicht auf allzu große Gegenwehr stößt. Solange werde ich mich um Cyclon kümmern. Auch wenn Du nichts von mir hörst, sprengst Du den Planeten in die Luft und verschwindest."

Torwin ist besorgt.

„Nein, Pargon. Du kannst Cyclon nicht allein suchen. Das ist zu gefährlich."

Pargon schüttelt heftig den Kopf.

„Ich kann, Torwin. Und ich werde es auch tun. Ich muss mich Cyclon allein stellen. Niemand wird mich daran hindern. Auch Du nicht."

Ohne Torwin noch einmal anzusehen, steht Pargon auf, geht in einen Seitengang und verschwindet. Torwin sieht ihm kurz grübelnd nach.

Dann macht er seine Leute wieder flott und scheucht sie hoch.

„Los, los. Jetzt geht's weiter, Leute. Wir treten diesen Nekromanten jetzt gehörig in den Hintern."

Die Allianzsoldaten machen sich wieder kampfbereit und warten auf Torwins Befehle. Er winkt ihnen, weiter in die Gänge vorzudringen und geht voran.

Auf ihrem Weg durch die Gänge begegnen den Allianztruppen komischerweise keine Nekron-Soldaten. Die Allianzeinheiten verstopfen fast die Gänge, deshalb verschwinden sie auch gruppenweise als Suchtrupps in Seitengänge. Der Großteil von ihnen bleibt aber im Hauptgang und rückt weiter in Richtung des Leitstands vor.

Zu diesem Zeitpunkt ist Leons Jäger auf dem Platz draußen gelandet, und Leon selbst ist in die Gänge eingedrungen. Er wühlt sich durch die Soldaten, die ihn sofort passieren lassen, und will zu Torwin vorstoßen. Leon will wissen, wo Pargon steckt.

Zur gleichen Zeit geht Pargon weiter durch den Seitengang, seinem Gefühl nach. Er fühlt, wo sich

Blutkaiser Cyclon befindet, und er will sich ihm in den Weg stellen.

Aber auch Cyclon kann Pargons magische Aura spüren, wenn er auch nicht sagen kann, wessen Präsenz er fühlt. Cyclon denkt, dass Leon sich nähert und will ihm allein entgegentreten. Er will seine Offiziere allein zurücklassen.

„Meine Herren, warten Sie hier beim Portal auf mich. Ich habe noch etwas zu erledigen."

Die beiden Offiziere salutieren und lassen ihren Kaiser allein ziehen. Cyclon geht zu einem Lift und fährt eine Etage über seinen Privathangar hoch.

Über dem Hangar betritt er eine Plattform und wartet dort im Dunkeln auf seinen Gegner.

Pargon betritt wenig später den Hangar. Der junge Imperator kann nur die leere Privatfähre des Blutkaisers sehen. Außerdem ist da noch der Lift. Er fühlt Cyclon ganz nah bei sich. Deshalb entscheidet er sich, in den Lift zu steigen und nach oben zu fahren.

Langsam bewegt sich der Lift mit Pargon nach oben und hält eine Etage höher. Die Präsenz des Feindes ist jetzt ungeheuer stark. Mit den Augen sucht Pargon die Umgebung ab. Aber er kann nichts entdecken.

Vorsichtig verlässt er den Lift, der sich sofort wieder hinter ihm schließt. Pargon kann jetzt den Großteil des Raumes überblicken. In seiner Mitte ist eine große Plattform, von der einige Stege ausgehen, die in kleineren Plattformen enden. Auf einer dieser kleinen Plattformen steht Pargon, mit dem Liftschacht hinter sich.

Langsam, ganz vorsichtig, geht Pargon über den Steg auf die große Hauptplattform zu, die als einziges in der ganzen Halle gut beleuchtet ist.

Als der junge Imperator nach unten blickt, kann er einen Teil des kaiserlichen Privathangars tief unter sich sehen, in dem auch Cyclons Fähre steht. Imperator Hayden spürt jetzt, während er weiter auf die große zentrale Plattform zugeht, dass er beobachtet wird. Er weiß nur nicht, aus welcher Richtung die Gedanken kommen, die er äußerst schwach spürt.

Da für ihn die Spannung in der Halle immer größer wird, nimmt er seinen Magierstab zur Hand und hebt den Miniaturzauber auf. Jetzt, da er die große Plattform betreten hat, stellt er sich in die Mitte und blickt in die Runde. Doch er kann nichts entdecken, weil die Stege und kleinen Plattformen was in der Dunkelheit verschwinden. Und er will auch nicht blind in die Dunkelheit treten, denn Cyclon könnte dort irgendwo lauern.

Pargon stellt sich vor einen der Stege und starrt ins Dunkel. Minutenlang konzentriert er sich auf das, was vor ihm liegt.

Gleichzeitig schleicht sich Blutkaiser Cyclon von hinten an ihn heran, von einem der anderen Stege. Auf der Pargon entgegen gesetzten Seite der Hauptplattform bleibt Cyclon stehen.

„Guten Tag, Commander Bansheeclaw."

Pargon dreht sich erstaunt um. Nicht nur weil Cyclon so plötzlich aufgetaucht ist, sondern auch, weil dieser ihn mit Leons Namen angesprochen hat.

In diesem Augenblick ist auch Cyclon erstaunt. Mit Pargon hatte er nun wirklich nicht gerechnet. „DU???"

Die beiden schwarzen Gestalten, Pargon in seiner Uniform des Imperators und Cyclon in der Rüstung mit dem Totenkopfhelm, stehen sich mit ihren Magierstäben in der Hand gegenüber. Sie mustern sich einige Sekunden. Pargon fasst sich als Erster.

„Endlich stehen wir uns gegenüber, Cyclon. Auch wenn Du anscheinend nicht mit mir gerechnet hast. Aber ich habe lange auf diesen Moment gewartet. Du hast versucht, mir alles zu nehmen, was mir etwas bedeutet hat. Mein Imperium, meine Freunde und meine Eltern. Meinen Vater habe ich mir zurückgeholt, aber Du und Deine Leute, ihr habt meine Mutter ermordet. Jetzt werde ich Dir auch alles nehmen. Und auch Dein Leben."

Im gleichen Augenblick hebt er seinen Stab und schleudert Cyclon einen Feuerzauber entgegen. Doch dieser hat seinen eigenen Stab bereits gehoben und fängt den Feuerball mit einem Schildzauber ab.

Kapitel 30

Leon hat endlich Torwin an der Spitze seine Truppen erreicht.

„Torwin, wo ist Pargon?"

„Er ist allein in den Gängen unterwegs, um Cyclon zu suchen. Ich konnte ihn nicht davon abbringen. Er wollte sich nicht aufhalten lassen."

Leon ist mehr als wütend über diese Nachricht.

„In welche Richtung ist er gegangen?"

Torwin deutet in Richtung des Privathangars. Fluchend verschwindet Leon in diese Richtung.

Torwin sieht ihm kopfschüttelnd nach. Dann führt er aber seine Truppen weiter. Alle sind in Alarmbereitschaft, weil sich hinter jeder Biegung die Halle mit dem Leitstandbunker in ihrer Mitte auftauchen kann. Zusammen mit einigen Soldaten der Nekron-Stoßtruppen. Die Soldaten der Allianz erwarten ein schweres Gefecht um die Zentrale der Nekron-Verteidigung.

- - -

Auf der Oberfläche des Planeten ziehen sich die Nekron-Truppen teilweise zurück. Sie versuchen, ihre Hangars vor der Allianz zu schützen, falls sie fliehen müssen. Sie werden aber von den

Allianzsoldaten dort nicht angegriffen, weil sich diese auf die Verteidigung des Zugangs konzentrieren.

Auch die Allianztruppen sind allzeit bereit für den Rückzug von Amila.

Auf den Schlachtschiffen der Allianz stehen auch schon alle Transporter für die Notevakuierung bereit, um die Truppen vom Planeten zu holen und auf ihre Schiffe zu bringen.

Von den Nekron-Zerstörern gibt es immer weniger, weil sie systematisch von der Allianz dezimiert werden. Deswegen ziehen sie sich jetzt auch langsam von den Schiffen der Allianz zurück. Sie warten auf Befehle ihrer Führung und auf Verstärkung von den anderen Garnisonsplaneten.

Kapitel 31

*P*argon und Cyclon umkreisen sich gegenseitig mit ihren Magierstäben in der Hand. Erst greift Pargon mit einem Zauber an und cyclon pariert, dann schleudert Cyclon wiederum einen Zauber und Pargon wehrt diesen ab. Es sind immer nur kurze Attacken, gefolgt von weiteren Umkreisungen der Kontrahenten.

Pargon sucht bei jedem Angriff nach Schwächen in der Abwehr des Gegners, was Cyclon auch macht.

Der junge Imperator scheint nach einiger Zeit eine Schwachstelle entdeckt zu haben und stößt seinen Magierstab senkrecht auf Cyclons Körper zu, statt einen Zauber zu wirken.

Der Blutkaiser entgeht der Attacke nur sehr knapp. Aber aus Wut startet er sofort eine heftige Gegenattacke auf Pargon auf die gleiche Weise und drängt ihn mit schweren Hieben auf einen der Stege zurück.

Der junge Imperator muss vor den mächtigen Schlägen des Nekromantenkaisers zurückweichen und gleichzeitig darauf achten, dass er nicht in die Tiefe stürzt.

Wenn sich der mit Todesmagie geladene Stab Cyclons und der mit Drachenmagie geladene Stab Pargons berühren, gibt es jedes Mal einen Funkenregen.

Die beiden Kämpfer sind hell erleuchtet, obwohl sie den Lichtkegel der Hauptplattform hinter sich gelassen haben.

Die Schläge des Blutkaisers werden zu Pargons Verwunderung sogar immer heftiger. Pargon hat nicht einmal eine Chance, einen Zauber zu wirken oder zurückzuschlagen.

Pargon benötigt beide Hände und seine volle Konzentration, um seinen Magierstab zu halten.

Cyclon drängt Pargon immer weiter an die Wand am Ende des Steges und gleichzeitig auch zu Boden.

In diesem Augenblick, als Pargon zu Boden stürzt, erscheint Leon auf einem anderen Steg und steigt aus dem Lift.

Er läuft sofort auf die Kämpfenden zu.

„Cyclon. Hier bin ich. Du wolltest doch mich, oder?"

Kapitel 32

*D*ie Hauptgruppe der Allianztruppen schleichen ohne einen Laut weiter durch den Hauptgang. Sie haben immer noch nicht den Leitstand gefunden. Doch mit jedem Schritt kommen sie ihrem Ziel näher.

In der großen Halle vor dem Leitstand sind die Nekron-Wachen in Stellung gegangen, zwischen Wandverkleidungen, Computerblöcken und Deckenträgern.

Num, Verr und Mod, die Schüler von Blutkaiser Cyclon, sitzen geduldig im Leitstand.

Mod, der beste Schüler Cyclons, hat ein schlechtes Gefühl, das immer stärker wird.

Er wendet sich an die anderen Beiden.

„Hört mal, Jungs. Irgendetwas stimmt nicht mit unserem Meister. Ich spüre etwas. Er ist in Schwierigkeiten. Ich bleibe nicht hier. Und Ihr müsst mit mir kommen. Der Kaiser braucht unsere Hilfe. Los. Lasst uns gehen."

Mod steht auf, ebenso wie die Anderen, und alle verlassen den Bunker. Mod informiert noch General Porter, damit dieser die Führung der Truppen übernimmt. Dann verschwinden die drei Todes-Adepten in Richtung des Privathangars.

Da die drei sich in den Gängen auskennen, sind sie schon nach sehr kurzer Zeit beim Lift, der nach oben zu Cyclon, Pargon und Leon führt.

Kaum haben die drei aber die Haupthalle verlassen, da geht gerade Torwin mit seinen Leuten wieder um eine Biegung und prallt überrascht zurück. Hinter der Kurve liegt die Halle, in der die Stoßtruppen stationiert sind. Und in der das liegt, was die Allianztruppen wollen – der Leitstand.

Als Torwin die Biegung hinter sich gelassen hat, haben sofort die Nekron-Soldaten das Feuer auf ihn und seine Begleiter eröffnet. Deshalb springen sie sofort zurück hinter die Kurve.

Nur drei von Torwins Begleitern schaffen es nicht. Sie werden von der ersten Salve getötet.

Die Allianzsoldaten können hinter der Biegung zwar nicht feuern, aber Corporal Abetha hat einen sehr guten Einfall. Er aktiviert eine Granate und wirft sie um die Kurve in die Halle. Sie zündet kurz nach dem Aufprall, und die Stoßtruppen in der Nähe haben keine Zeit, um zu verschwinden. Sie werden von Granatsplittern getötet und machen Deckungsmöglichkeiten für die Allianztruppen frei.

Torwin stürzt auch gleich mit einigen Männern wieder um die Kurve und geht mit ihnen hinter der ehemaligen Deckung der toten Stoßtruppen, unter dem Feuer der feindlichen Soldaten, in Stellung.

Kurzzeitig stürmen einige Allianzsoldaten hinter der Biegung hervor und feuern eine Salve ab, bevor sie sich wieder zurückziehen. Doch die leichten Handfeuerwaffen können die Deckungen der feindlichen Soldaten nicht durchdringen.

Die Allianzsoldaten, die sich hinter den alten Nekron-Deckungen versteckt haben, sind nun völlig im Kreuzfeuer eingeklemmt. Torwin kann also auch keine Befehle mehr an die verbliebenen Soldaten geben. Er kann nur noch das Kommando an General Franklin weitergeben.

Der will auch gleich den Kampf zu Gunsten der Allianz entscheiden. Er schickt ein paar Leute zur Oberfläche zurück, um etwas für ihn zu erledigen.

„Ein paar Männer sollen zurückgehen. Holt eine tragbare Großkanone. Ich will diesen Nekromanten die Deckung wegblasen."

Ein paar Soldaten führen den befehl aus. Minutenlang passiert überhaupt nichts, außer ein paar kleineren Schusswechseln zwischen den Nekron-Truppen und den eingeklemmten Allianzsoldaten. General Franklin steht nervös im Gang vor der Kurve, genau wie Hunderte seiner Soldaten.

Nach acht Minuten wühlen sich die zurückkehrenden Männer mit der Kanone durch die Menge ihrer Kameraden. General Franklin schickt die Männer mit der Kanone um die Kurve. Dort stellen sie das Mini-Geschütz auf, obwohl sie unter feindlichem Feuer liegen.

Der Kanonier, Sergeant Ritter, der durch den Stahlkörper der Kanone vor den feindlichen Salven geschützt ist, feuert auch sofort mit der Kanone auf die Deckungen der Nekron-Truppen.

Kapitel 33

*L*eon geht weiter auf Blutkaiser Cyclon zu. Er hebt seinen Stab der Druidenmagie in Augenhöhe.

Cyclon hat sich jetzt ein paar Schritte von Pargon wegbewegt. Der junge Imperator kauert erschöpft am Boden, während sein Erzfeind langsam auf Leon zugeht.

Am Rande der großen Hauptplattform stehen sich Leon und Cyclon dann auch bald gegenüber. Sie beginnen ebenso zu kämpfen, wie vorher Cyclon mit Pargon. Das ganze Spiel geht wieder von vorn los. Beide Kämpfer beobachten sich, und es gibt immer wieder kurze Attacken.

Cyclon klagt Leon an.

„Sie haben meinen Vater ermordet, Bansheeclaw. Dafür werden Sie jetzt sterben. Und Hayden genauso."

Er schleudert einen Giftzauber gegen Leon, doch dieser kann ihn blocken. Dann wendet cyclon wieder seine vorherige Taktik an und schlägt direkt mit seinem Stab zu. Und Cyclons Hiebe werden auch sehr schnell heftiger. Er drängt Leon an den Rand der Plattform. Cyclon ist ein harter Gegner, obwohl Leon schon früher starke feindliche Magier besiegt hat.

Pargon erholt sich derweil langsam von dem vorherigen Gefecht mit dem Blutkaiser. Wie in Zeitlupe stemmt er sich vom Boden hoch und hebt dabei seinen Magierstab wieder auf, den er fallen ließ, als Cyclon von ihm abgelassen hat und Leon angriff.

Auf wackeligen Beinen schwankt Pargon auf die Kämpfenden zu, die sich mit gekreuzten Magierstäben gegenüber stehen und sich ineinander verkeilt haben.

Wenn die Stäbe aneinander reiben, erzeugen sie ein hässliches, lautes, kreischendes Geräusch.

Diesen Krach nutzt Pargon aus und hebt seinen Magierstab, ohne dass Cyclon, der mit dem Rücken zu Pargon steht, etwas merkt. Um einen Zauber zu wirken, hat er sich noch nicht weit genug erholt.

Während beide Gegner ihre Kraftprobe weiterführen, kommt Pargon, der immer mehr seiner Kraft wiedergewinnt, aber näher an den Nekromantenkaiser heran.

Als er bis auf zwei Meter an Cyclon herangekommen ist, holt er mit seinem Magierstab aus, um den Blutkaiser nieder zu strecken.

Aber leider schaut Leon instinktiv zu Pargon herüber. Cyclon schaltet sofort und wirft sich zur Seite. Dabei geht Pargons Schlag nicht nur ins Leere, sondern trifft fast auch noch Leon.

Dieser kann Pargons Stab aber gerade noch mit seinem eigenen blocken. Beide Kameraden sind von diesem Missgeschick noch völlig erschreckt.

Cyclon nutzt die Zeit und greift die Kameraden an. Doch Leons Geistesgegenwart verhindert, dass er von dem Schlag überrascht wird.

Er stößt Pargon zur Seite und duckt sich unter Cyclons Hieb hinweg. Mit seinem Kopf rammt er dem Blutkaiser in den Magen und stößt ihn nach hinten. Beide fallen zu Boden und verlieren ihre Magierstäbe.

Weil die beiden regelrecht ineinander verkeilt sind, kann Pargon die Chance nicht nutzen, Cyclon endgültig nieder zu strecken. Und auch nicht, als Leon und Cyclon nahezu gleichzeitig aufstehen, immer noch eng umschlungen.

Der Kampf der Beiden artet in einen Ringkampf aus, weil beide unbewaffnet sind, und Keiner eine Chance hat, nach seinem Magierstab zu greifen, während der Widersacher ihn daran hindert.

Pargon muss ohnmächtig mit ansehen, wie der Kampf abläuft. Plötzlich wird er von einem Geräusch hinter seinem Rücken aufgeschreckt. Es ist das Zischen der Liftschotten.

Instinktiv reagiert Pargon und dreht sich um. Vor ihm stehen am anderen Ende des Steges die Schüler des Blutkaisers.

Sofort geht Pargon in Verteidigungsstellung, den Magierstab erhoben. Langsam kommen die drei Schüler, ebenfalls mit Magierstäben bewaffnet, auf Pargon zu.

Währenddessen geht der Ringkampf zwischen den mächtigen Magiern, jetzt hinter Pargon, auf der großen zentralen Plattform weiter. Doch als Pargon vor den drei neuen Gegnern zurückweicht und dabei gegen die beiden Kämpfer stößt, bemerken sie die Neuankömmlinge.

Cyclon stößt Leon mit aller Gewalt von sich. Dieser reißt aus Versehen Pargon mit um, und beide gehen zu Boden. Cyclon greift sich unterdessen seinen Stab, aber er greift die Feinde nicht an, weil Pargon bei dem Sturz seinen Stab nicht verloren hat und ihn in Defensivhaltung hoch hält.

Stattdessen ruft er seinen Schülern Befehle zu.

„Macht sie fertig. Und folgt mir dann mit Eurer eigenen Fähre. Das Portal können wir nicht mehr erreichen. Ich spüre, dass die feindlichen Truppen zwischen uns und der Kaverne sind. Das Portal wird sich selbst verteidigen können, wenn unsere Truppen lange genug durchhalten, bis es voll aktiviert ist."

Dann geht er zum Rand der Plattform und springt. Mit wallendem Umhang rast die schwarze Gestalt durch die Luft, dem Hangarboden, eine Etage tiefer, entgegen. Doch anstatt sich bei einem harten Aufprall zu verletzen, landet er weich. Dann rennt er auf seine Fähre zu. Sein höllisches Gelächter erfüllt den ganzen Hangar.

Die Schüler blicken ihrem Meister nach. Leon nutzt die Gelegenheit und schnappt sich wieder seinen Magierstab, der immer noch auf der Plattform liegt. Die beiden Magier der Allianz stehen jetzt den Schülern des Todesmagiers kampfbereit gegenüber.

Aber sie sind in der Unterzahl.

Kapitel 34

*D*ie große Laserkanone der Allianztruppen in der Haupthalle zerfetzt systematisch die Deckungen der Nekron-Truppen rund um den Leitstand. Immer mehr Soldaten fallen diesem Angriff zum Opfer.

Die Bedienmannschaft der Kanone aber ist vor den Gegenattacken der Nekron-Soldaten relativ gut geschützt.

Torwin sitzt mittlerweile mit seiner ganzen Division in dem Gang vor der Halle fest, in den er sich zurück gerettet hat. Bevor die Deckungen des Feindes nicht zerschossen sind, können seine Leute nicht vorrücken.

Die Nekron-Truppen versuchen in immer größerer Zahl, aus ihren Deckungen hervorzubrechen und sich im Leitstand zu verbarrikadieren, weil dieser magnetisch gegen Strahlenbeschuss gesichert ist. Die meisten von ihnen schaffen dies auch.

Denn die Allianzeinheiten feuern zurzeit mehr auf potentielle Deckungen als auf einzelne Soldaten.

Die Großkanone hat jetzt fast alle Deckungen zerfetzt, mit Ausnahme der Pfeiler, die die Hallendecke halten.

Nun muss die Kanonenbesatzung auch das Feuer einstellen, sonst fällt noch die ganze Halle zusammen, und die Allianzeinheiten kommen nicht mehr an den Leitstand heran. Das würde den Misserfolg der ganzen Mission bedeuten.

Torwin gibt seinen Leuten noch Instruktionen, dass die Kanone aber an ihrem Platz bleiben soll und schickt seine Truppen los.

Als erster stürzt Torwin brüllend in die Halle, gefolgt von seiner Einheit. Ihre Waffen feuern ohne Pause.

Anstatt sich weiter im Leitstand zu verschanzen, gehen die Truppen des Blutkaisers plötzlich zum Gegenangriff über.

Kapitel 35

*L*eon und Pargon sind in die Mitte der Plattform ausgewichen und stehen jetzt Rücken an Rücken in Verteidigungsposition, umringt von den Schülern des Blutkaisers. Es sieht aus, wie ein teuflischer Todestanz.

Im Dämmerlicht, das sich plötzlich über die Plattform ausgebreitet hat, wirken die Kristalle in den Magierstäben wie leuchtende Wesen im Nichts. Sie werfen ein bleiches, erschreckendes Licht auf die Gesichter der Kämpfer. Dadurch ist die unheimliche Atmosphäre des Kampfes perfekt abgerundet.

Die Schüler des Blutkaisers lauern auf eine Chance, einen Fehler im Verhalten des Feindes zu entdecken, um angreifen zu können. Doch die Chance bieten ihnen die beiden erfahrenen Offiziere nicht.

Minutenlang umkreisen die Krieger des Todes den Druiden und den Drachenmagier ohne anzugreifen.

Im Hangar unter ihnen starten die Triebwerke der kaiserlichen Fähre mit einem ohrenbetäubenden Getöse. Die ganze Plattform wird durchgeschüttelt, als die Fähre aus dem Hangar in die Freiheit fliegt. Es reißt Num und Verr sogar von den Füßen.

Nur weil Pargon, Leon und Mod, der beste von Cyclons Schülern, bis auf das Äußerste trainiert sind, können sie sich, nahezu ohne zu schwanken, auf den Füßen halten.

Verr rutscht über den Rand der Plattform.

Leon und Pargon nehmen ihre Chance wahr und greifen Mod an, den einzigen gefährlichen Gegner zurzeit. Zu zweit schleudern sie Zauber auf ihn, während Num versucht, Verr vom Rand, an der er sich geklammert hat, hoch zu ziehen.

Mod ist allerdings ein harter Gegner. Er wehrt die ersten Zauber der beiden Magier souverän ab. Mit blinder Wut schleudert er dann Todeszauber gegen sie.

Pargon hat nicht so schnell mit einem Gegenschlag gerechnet und ist von der Vehemenz des schwarzen Blitzzaubers überrascht. Mods Zauber kann er zwar noch ablenken, aber trotzdem fügt ihm dieser noch eine tiefe Wunde in den linken Oberarm zu. Pargon weicht mit großen Schmerzen zurück. Es riecht nach verbranntem Stoff und nach verbranntem Fleisch. Doch zum Glück blutet die Wunde nicht, weil sie durch die Hitze des Blitzes sofort ausgebrannt wurde.

Der Kampf findet jetzt vorerst nur noch zwischen Leon und Mod statt. Es ist ein unglaublicher Kampf. Die beiden Feinde schlagen wild mit verschiedensten Zaubern aufeinander ein.

Pargon versucht, den Stab in der rechten Hand haltend, Num daran zu hindern, Verr hoch zu ziehen. Num schleudert deshalb ebenfalls immer wieder Zauber nach Pargon, während er gleichzeitig Verr nach oben zerrt.

Unter seinen Schmerzen bricht Pargon plötzlich zusammen. Dadurch ist der Weg für Num nun frei, seinem Kameraden zu helfen.

Beim Zweikampf zwischen dem Druiden und dem Adepten der Nekromantie scheint Leons lange Kampferfahrung, sich als vorteilhaft auszuwirken.

Mod hat es immer schwerer, Leons Attacken zu blocken. In seinem Schildzauber entstehen dadurch immer wieder Lücken.

Leon wartet nur noch auf einen großen Fehler von Mod. Der wird ihm auch nach kurzer Zeit gegeben. Mod hebt seinen Stab hoch über den Kopf, um Leon mit einem mächtigen Todesfeenzauber nieder zu strecken. Dabei ist er wenige Sekunden ohne Möglichkeit, einen neuen Schildzauber zu wirken, was Leon sofort ausnutzt.

Der Druide ruft sofort einen magischen Pfeilregen herbei.

Kapitel 36

*D*ie Allianzeinheiten liefern sich ein wahres Feuerwerk mit den Nekron-Truppen, die den Leitstand bewachen. Die Stoßtruppen sind zwar zahlenmäßig weit unterlegen, aber sie setzen sich unbändig zur Wehr, obwohl durch den Gang immer mehr Allianztruppen herbeiströmen.

Aber auf dem engen Raum haben sie auch keine Probleme, Allianzsoldaten zu treffen. Deshalb gibt es auf Seiten der Allianz immense Verluste.

Auch hohe Offiziere aus General Torwins Stab verlieren in kürzester Zeit ihr Leben. Colonel Decker, Major Young, Captain May, Commander Uher und viele, viele andere sterben durch die Salven der Nekron-Soldaten.

Mitten im Kampf meldet sich plötzlich Torwins Kommunikator. Er muss sich hinter einem Deckenträger in Deckung werfen, um den Funkspruch entgegen nehmen zu können.

Es ist ein Ruf von der *Vendetta*.

„General, hier spricht Admiral Orrik. Sie müssen sich beeilen. Hier oben stimmt etwas nicht. Das Nekron-Imperium hat starke Verluste erlitten, aber dennoch formieren sich die Zerstörer neu zu einer Einheit. Ich glaube, dass sie Verstärkung erwarten. Also beeilen Sie sich. Wir haben kaum noch Zeit. Ich schicke Ihnen auch schon mal die Truppentransporter herunter. Orrik, Ende."

Torwin bestätigt den Funkspruch und flucht vor sich hin.

„Der hat gut Reden da oben. Beeilen soll ich mich. Was denkt der, was ich hier mache? Picknick?"

Mit wildem Geschrei stürzt er wieder aus seiner Deckung hervor und beteiligt sich wieder am Kampf.

Die Nekron-Truppen werden langsam von der Masse der Allianzeinheiten erdrückt. Einige von ihnen fliehen schon durch Wartungs- und Lüftungsschächte.

Andere ergeben sich den Allianztruppen. Doch der Großteil der Nekron-Wachen kämpft weiter, bis zum Tode. Sie stehen mit dem Rücken zur Wand. Trümmer bilden mittlerweile einen Ring um den Leitstand.

Hinter diesen Trümmern stoppt Torwin den Vormarsch der Allianz. Alle legen sich flach auf den Boden und zielen auf die feindlichen Truppen. Torwin stellt seinen Kommunikator um und benutzt ihn als eine Art Megaphon.

Er spricht zu den Überlebenden der Nekron-Wachen.

„Hier spricht der Allianzgeneral Torwin. Ergeben Sie sich und werfen Sie Ihre Waffen weg. Dann wird Ihnen nichts geschehen."

Als Antwort erhält er eine Lasersalve von den feindlichen Bunkerwachen. Sie wollen sich nicht ergeben.

Colonel Denton, der ranghöchste überlebende Nekron-Kommandeur vor dem Leitstand, stirbt lieber mit seinen Leuten, als sich Gefangennehmen zu lassen.

Torwin will diese Schlacht endgültig beenden.

Er gibt den letzten Befehl.

„Dann schießt sie alle nieder."

Alle Allianzeinheiten eröffnen wieder das Feuer auf die Wachen, die zwischen ihnen und dem Leitstand eingeklemmt sind.

Die Stoßtruppen feuern zwar zurück, aber sie werden von den Allianztruppen, die nun hinter einer guten Deckung liegen, einfach niedergemäht.

Nach wenigen Minuten regt sich kein Soldat des Nekron-Imperiums mehr beim Bunker, und die Allianz kann den Leitstand stürmen.

Dort sind nur noch ein paar Techniker am Leben, die schnell überwältigt sind.

An der Oberfläche des Planeten läuft es mittlerweile alles ähnlich wie vorher beim Kampf um die Halle. Dort waren es nur die ganze Zeit Nekron-Truppen, die die Allianzeinheiten eingekesselt hatten, nachdem sie alle verfügbaren Einheiten bei dem von der Allianz besetzten Zugang zusammengezogen haben.

Beide Armeen feuern aus ihren Deckungen aufeinander, ohne großen Schaden anzurichten.

Doch nun, da die Nekron-Truppen keine Befehle mehr vom Leitstand bekommen, und der Blutkaiser auf der *Armageddon* in Sicherheit ist, starten sie einen groß angelegten Rückzug.

Im Innern des Planeten sucht Torwin die Konsolen im Leitstand nach der Selbstzerstörungsvorrichtung ab.

Nach einigen Minuten findet er sie auch. Allerdings benötigt er jetzt noch den Aktivierungsschlüssel.

„Durchsuchen Sie alle gefangenen und toten Stabsoffiziere nach dem Codeschlüssel."

Die Soldaten durchsuchen die Gefangenen nach dem Schlüssel. Und tatsächlich, einer der Techniker, ein Major, trägt ihn bei sich. Der Sergeant, der ihm den Schlüssel abnimmt, gibt den Schlüssel an Torwin weiter.

Der schiebt ihn in die Konsole. Das aktiviert das System Die Selbstzerstörungssequenz ist allerdings auf fünf Minuten festgelegt.

Doch bevor er das Programm endgültig startet, gibt Torwin den Rückzugsbefehl über seinen Kommunikator an alle Bodentruppen weiter.

„Achtung, hier spricht General Torwin. Alle Mann sofort zu den Transportern. Rückzugsbefehl Code Blau Neuner. Sofort den Planeten verlassen. Befehl an die Flotte: Sofort abdrehen. Torwin, Ende."

Dann drückt er einen Knopf. Das Computerprogramm ist jetzt unwiderruflich gestartet. Es gibt keine Abbruchcodes.

Torwin rennt los und scheucht seine Leute nach oben zur Planetenoberfläche.

„Alles raus hier."

Die Allianzeinheiten stürzen los, um zu ihren Transportern zu gelangen.

Kapitel 37

*M*od ist tot. Num und Verr können es noch gar nicht fassen.

Das gibt Pargon Zeit, sich von Ihnen weg zu schleppen, bis zum Rand der Plattform.

Überall ertönt jetzt eine Warnsirene und Durchsage, die die Aktivierung der Selbstzerstörungsautomatik ansagt. Leon attackiert die letzten überlebenden Schüler des Blutkaisers.

Mod war der Beste, dann kamen Adys und Seward. Adys sitzt ja nun auf Pagan fest. Num und Verr kämpfen nur defensiv, weil sie gegen Leon selbst mit vereinten Kräften keine Chance haben.

Verr, der den gleichen sadistischen Charakter hat wie sein dunkler Meister, nimmt keine Rücksicht auf Verluste. Er erkennt seine aussichtslose Lage und stößt Num, seinen Kameraden, gegen Leon, um sein eigenes Leben zu retten. Dann rennt er zum Lift.

Pargon zieht diesmal seine Laserpistole aus dem Holster und feuert an Leon und um vorbei, hinter ihm her. Aber Pargon verfehlt Verr. Er trifft nur die Lifttür. Aber er feuert noch ein zweites Mal, als Verr den Lift bereits betreten hat. Diesmal trifft er die Steuertafel des Lifts, aus der plötzlich Funken regnen.

Sofort schließen sich die Schotten des Aufzugs, und er fährt, ohne dass Verr etwas dagegen tun kann, nach oben, obwohl Verr eigentlich nach unten zum Hangar wollte.

Oben angekommen hängt er im Lift fest. Seine minderwertigen magischen Fähigkeiten helfen ihm da auch nicht weiter.

Leon hat jetzt ein leichtes Spiel mit Num, der ihm völlig unterlegen ist. Aber Pargon geht das immer noch nicht schnell genug, weil er fühlt, dass der Countdown schon fast abgelaufen ist. Er feuert mit seiner Pistole auf Num und tötet ihn mit einem gut gezielten Schuss. Num stürzt tot zu Boden, da er nur mit magischen Angriffen gerechnet hat.

Leon blickt Pargon strafend an. Aber Pargon kann nur völlig erschöpft auf sein Chronometer zeigen und Leon begreift. Er geht zu Pargon.

„Ich hoffe, Du schaffst das jetzt. Wir müssen in den Hangar hinunter springen und uns deren Fähre kapern. Der Lift ist ja jetzt außer Betrieb. Und Torwins Durchsage ist jetzt vier Minuten her."

Pargon nickt und lässt sich einfach über den Rand der Plattform fallen. Leon springt sofort hinterher. Aber anstatt auf dem Hangarboden zu prallen, was Leon befürchtete, rollt Pargon sich einigermaßen weich ab, auch wenn ihm seine Verletzung starke Schmerzen bereitet.

Leon landet sicher auf den Füßen neben ihm. Hunderte Schritte von ihnen entfernt, steht die Fähre der Schüler cyclons, der Schlüssel zur Freiheit. Pargon stützt sich auf Leon, weil der Schmerz ihm langsam den Atem raubt.

Beide laufen so schnell wie möglich auf die Fähre zu. Nur mit Hilfe der magischen Kraftreserven seines Stabes kann Pargon bei Bewusstsein bleiben.

Auch Leon ist mittlerweile schon so erschöpft, dass er ohne externe Reserven längst zusammen gebrochen wäre.

Bei der Fähre, einem Modell der Inferno-Klasse, hilft Leon Pargon die Rampe hinauf und bringt ihn bis zum Copilotensessel. Er selbst übernimmt das Steuer und startet die Motoren. Zum Glück hat er schon einmal so eine Fähre gesteuert.

Das Schiff hebt ab und setzt sich in Bewegung. Kurze Zeit später schießt sie durch das Startrohr des Hangars an die Planetenoberfläche Amilas und in den Nachthimmel hinauf, der *Vendetta* entgegen.

Überall auf dem Planeten laufen Soldaten zu ihren Schiffen und Transporter starten. Kein Schuss fällt mehr, weil auch die Nekron-Truppen erkannt haben, was los ist, und auch nur noch heil den Planeten verlassen wollen.

Die Transporter beider Armeen müssen mit Hochgeschwindigkeit hinter den Schlachtschiffen herfliegen, weil diese abgedreht haben, um aus der Gefahrenzone heraus zu sein, wenn sich der Planet in eine Feuerhölle verwandelt. Nekron-Schiffe und Schiffe der Allianz fliegen zuerst Seite an Seite, weil alle nur Flucht im Sinn haben.

Im Orbit setzen sie aber unterschiedliche Kurse, weil sich ihre Flotten getrennt haben. Die Nekron-Flotte ist um einiges kleiner als die Allianzarmada, trotz der Übermacht, die sie zu Kampfbeginn einmal hatte.

Weil Leon eine recht langsame, weil schwer gepanzerte, Fähre fliegt, jagen die anderen Schiffe, die Jäger und Transporter, an ihnen vorbei, der Sicherheit des Raumes entgegen.

In seinem Transporter blickt Torwin auf sein Chronometer, das die abgelaufene Zeit der Selbstzerstörungssequenz anzeigt. Es zeigt noch eine halbe Minute Restzeit bis zur Zündung an.

Torwin spricht zu sich selbst.

„Hoffentlich bist Du von dem Planeten da weg, Leon. Der Kasten geht gleich hoch. Verdammt, Leon, wo steckst Du?"

Torwin schaut aus dem Fenster und blickt nach Amila zurück. Trotz der Schiffe, die Torwin noch hinter sich sieht, scheint der Planet eigentlich ganz friedlich zu sein.

Sekunden später zündet die Selbstzerstörung des Portals der Untoten. Das Portal ist jetzt kurz vor seiner Aktivierung angefüllt mit riesigen Reserven an Todesmagie, die nur von der Abschirmung der alten Kristalle kontrolliert worden war. Wie befürchtet, hat die Freisetzung dieser teuflischen Energien nicht nur die Zerstörung des Portals zur Folge.

Zuerst scheint der Planet nur auseinander zu brechen, aber dann verwandelt sich der ganze Planet in eine riesige flammende Explosion. In mehreren Stufen breiten sich Explosions-, Trümmer- und Druckwellen aus.

Ein paar Transporter, die gerade erst gestartet sind, werden von der Explosion erfasst und zerstört. Einige Hundert Allianzsoldaten und Stoßtruppen des Nekron-Imperiums waren noch auf Amila beim Rückzug, als der Planet explodiert ist.

Auch Leon und Pargon sind noch nicht ganz aus der Gefahrenzone heraus. Die Fähre wird von Trümmern und der Druckwelle gejagt und auch erreicht. Zuerst wird die Fähre durch die starke

Druckwelle durchgerüttelt und kommt leicht vom Kurs ab. Der Schaden, der am Schiff entstanden ist, ist aber unerheblich.

Aber dann fliegen mehrere Meteoritenschwärme durch den Raum. Sie sind zu schnell und zu groß, als dass Leon noch ausweichen könnte. Sehr schnell steckt die Fähre mitten in einem dieser Schwärme und wird von mehreren Kleinstmeteoriten getroffen.

Die Außenhaut der Fähre wird an mehreren Stellen aufgerissen. Dadurch beginnt die Maschine zu trudeln. Dabei erleidet das Schiff weitere Treffer. Leon hat Schwierigkeiten, das Schiff unter Kontrolle zu halten. Aber der Meteoritenschwarm ist fast am Schiff vorbei geflogen.

Ein Nachzügler trifft allerdings noch eines der beiden Triebwerke. Jetzt trudelt das Schiff unkontrolliert. Leon steuert trotzdem noch auf die Armada der Allianz zu.

Die Transporter sind in der Zwischenzeit ohne große Verluste durch die Explosion auf den Kreuzern und Zerstörern der Allianz gelandet.

Auf der Vendetta schließt Prinzessin Kaya ihren Mann, General Torwin, in die Arme. Und Gonron umarmt vor Freude gleich beide. Dann guckt er Torwin an und jault fragend.

Auch Kaya hat Fragen.

„Wo ist Leon, Schatz? Weißt Du, was mit ihm ist?"

Torwin schüttelt resigniert den Kopf.

„Ich habe keine Ahnung, Kaya. Auch hat niemand etwas von Pargon gehört."

In diesem Moment heulen im Hangar plötzlich die Alarmsirenen.

Der Lautsprecher quäkt.

„Achtung, Achtung. Druckwelle im Anflug. Auf Kollision vorbereiten."

Sekunden später erreicht die Druckwelle schon die Armada. Unter den Füßen der Freunde und auch aller anderen Truppen beben die Bodenplatten. Aber die Druckwelle ist schon so abgeschwächt, dass kein Schaden entsteht.

Kaum verklingt der Alarm, da heult er auf der *Vendetta* von Neuem los.

„Achtung. Personal in Hangar 574 auf Alarmstationen. Angeschlagene Nekron-Fähre mit Schlagseite im Anflug. Imperator Hayden und Admiral Bansheeclaw an Bord. Alles Bereitmachen für eine Notlandung. Medo-Team sofort in den Hangar."

Sofort wird der Hangar geräumt und ein Schaumteppich gelegt. Torwin, Kaya und Gonron warten am Ende des Hangardecks.

Auch Admiral Orrik stößt zu ihnen. Brandschutzteams stehen bereit, um im Notfall zu löschen. Alle warten jetzt gespannt.

Die Fähre befindet sich im Anflug. Sie hängt an Backbord gewaltig durch und hat Probleme, durch die Hangartore zu fliegen. Aber Leon gelingt es dennoch. Doch die Landung fällt äußerst hart aus. Die Fähre rutscht über den Hangarboden und kommt erst durch ein Fangnetz zum Stillstand.

An einigen Stellen hat sie Feuer gefangen, also kommen die Brandschutzteams sofort zum Einsatz. Ein paar Leute vom Rettungsteam holen Pargon mit einer Trage aus der Maschine. Leon kann noch selbst laufen. Torwin, Kaya, Gonron und Orrik kommen herbei gerannt. Kaya fällt ihrem Bruder Leon um den Hals.

Orrik beugt sich über Pargon.

„Sir, wie geht es Ihnen?"

Pargon fasst ihm an den Ärmel.

„Haben wir es geschafft?"

„Ja, Sir."

„Und was ist mit Kwor? Haben unsere Leute gewonnen?"

Admiral Orrik senkt niedergeschlagen den Kopf.

„Nein, Sir. Die Kopfgeldjäger mussten fliehen. Cyclon hat es geschafft, Verstärkung nach Kwor zu bringen. Deshalb ist hier keine aufgetaucht und wir konnten das Portal zerstören. Aber der Regierungspalast ist immer noch in der Hand der Nekromanten."

Pargon lässt den Admiral los. Admiral Orrik deutet den Sanitätern, den jungen Imperator auf die Krankenstation zu bringen. Er schickt auch Leon und Torwin dorthin, damit sie sich von Kopf bis Fuß durchchecken lassen und sich vom Kampf erholen können.

Er selbst kehrt als ranghöchster einsatzbereiter Kommandeur auf die Brücke zurück und gibt den neuen Kurs weiter. Es geht nach Heradon, den Zentralplaneten der Republik der Druiden. Die Hauptstadt der Druiden ist wenigstens in der Hand der Allianz.

Epilog

Im Regierungspalast des Druiden-Senats auf Heradon findet eine Ehrenfeier für den Sieg der Allianz statt. Imperator Pargon Hayden des Hadon-Imperiums steht neben der neuen Präsidentin der Republik der Druiden auf einem Podium und nimmt eine Parade ab.

Er ehrt die Helden der großen Schlachten von Borsty, Pagan und Amila. Pargon hat sich schon einigermaßen gut von seiner Verletzung erholt.

Neben ihm stehen die neue Präsidentin der Republik, Prinzessin Kaya, Admiral Bansheeclaw, General Torwin und Admiral Orrik.

Als die Ehrung endlich vorbei ist, beginnt eine Feier in der großen Haupthalle. Pargon kann jetzt, zwei Wochen nach der Schlacht, zwei Wochen, die er auf der Krankenstation verbracht hat, endlich mit seinem Vater zusammenkommen.

Ungeduldig wartet er. Kaya beruhigt ihn und bringt ihn hinaus auf die Terrasse. Es ist eine sternenklare Nacht auf dem Planeten.

Leon gesellt sich auch zu ihnen.

„Nun, Majestät, wie geht es Dir? Wieder einmal hat vorerst das Gute gesiegt. Es ist ein Grund zur Freude."

Pargon schaut Leon niedergeschlagen an.

„Aber welchen Preis haben wir gezahlt? Und es ist noch nicht vorbei. Solange Cyclon und seine überlebenden Schüler noch leben, wird es Nekromanten geben. Solange das Nekron-Imperium die Hälfte meines reiches besetzt hält, kann es keinen endgültigen frieden geben. Wir werden noch viele Opfer bringen müssen. Unzählige Sternensysteme sind noch in der Hand der Nekromanten, selbst meine Hauptstadt. Vorübergehend musste ich meinen Regierungssitz nach Elas Prime verlegen. Irgendwann wird es zur endgültigen Schlacht kommen. Dann fällt die Entscheidung. Frieden, Unterdrückung oder die Vernichtung allen Lebens."

Leon nickt. Doch dann geht er zurück in den Saal, wo Torwin auf ihn wartet.

Kaya legt ihren Arm freundschaftlich um Pargon.

„Wenigstens kämpfen Dein Imperium und meine Republik Seite an Seite, Pargon. Es wird alles gut werden."

Sie schaut auf ihr Chronometer.

„Jetzt komm, Pargon. Oder willst Du Deinen Vater noch länger warten lassen? Es ist Zeit."

Sie will gehen, aber Pargon hält sie sanft zurück.

„Du hast Recht. Irgendwann wird cyclon besiegt. Dann kann wieder Frieden herrschen. Es wird gelingen."

Er lächelt sie an.

„Geh schon vor, Kaya. Ich komme gleich nach."

Sie nickt und betritt lächelnd wieder den Saal. Sie geht zu einem stattlichen älteren Mann, in der Uniform eines Captains, Pargons leiblicher Vater.

Pargon betrachtet den Sternenhimmel über sich.

„Einst werde ich Dich kriegen, Cyclon. Dann wirst Du für den Tod meiner Mutter bezahlen. Ich nehme mir Dein Imperium und vereine es wieder unter meiner Herrschaft. Das ist meine Rache, bevor ich Dich töte. Der Tag, an dem die Galaxis den Frieden zurück erhält, ist dann angebrochen. Und die Magie der Drachen wird mir helfen. Deine Todesmagie wird Dein eigener Untergang sein."

Pargon glättet seine Uniform und dreht sich zu seinen Kameraden um. Dann geht er zu ihnen und seinem Vater. Er hat jetzt lange genug auf diese Begegnung gewartet.

Pargon hat viel in diesem Krieg verloren, aber auch viel gewonnen. So ging es den meisten Bürgern der Allianz. Und irgendwann werden sie den Lohn für ihre Schmerzen erhalten. Die Befreiung der Galaxis. Wenn die Nekromanten endgültig tot und begraben sind, lebt die Seite des Guten für alle Zeiten weiter.

Alle Wesen der Galaxis werden ohne Kriege leben, und ohne den Schatten der Todesmagie.

Ende der Nekron-Trilogie

Aber die Geschichte der Allianz geht weiter

In

Der Drachenorden – Die Hölle auf Erden

Vorschau

Genießen Sie auf den folgenden Seiten einen
Vorgeschmack auf eine weitere Neuveröffentlichung
von Kim Marc Alexander Weßeling, der auch im
Bereich der Belletristik bereits einige Bücher
veröffentlicht hat.

Kim Marc Alexander Weßeling
Der fliegende Händler –
Aus dem Schatten des Löwen
ISBN: 9783837042399

14,90 €

10. Februar 2974
Hotel „Goldener Löwe"
Baga, Savannah
Kananga Sektor
Serengeti Kombinat

Aus einer schwarzen Schweberlimousine vor dem Hotel, das einer Händlerfamilie aus dem Empire gehörte und deswegen und wegen seines eindeutigen Einrichtungsstils auch überwiegend Reisende aus dem Empire beherbergte, stieg ein uniformierter der SSK aus und betrachtete das Gebäude.

Das Hotel war eindeutig nicht im Stil des Kombinats, wo normalerweise recht eindeutig afrikanische Bauweisen und Verzierungen üblich waren. Stattdessen war es ein rot geklinkerter eckiger Festbau, der nicht die geringste Ähnlichkeit mit den gewohnten Rundbauten hatte, die mit wenigen Ausnahmen das sonstige Bild auf Savannah beherrschten.

Aber gerade deswegen war Oberst Winduku von diesem Gebäude so fasziniert. Er war zwar schon einige Male in dieser Gegend der Stadt gewesen, hatte aber noch nie die Gelegenheit, dieses fremde Gebilde näher zu beobachten.

Außerdem bekam er eigentlich nie die Gelegenheit, den Planeten zu verlassen. Und auch bevor er zum Adjutanten des Gouverneurs aufgestiegen war, hatte er als Angehöriger der SSK nie das Privileg eines Händlers genossen, das eigene Reich zu verlassen und sich die Eigenheiten und Sehenswürdigkeiten der politischen Nachbarn anzusehen.

Der Flug in ein anderes Reich war den Mitgliedern der SSK nicht gestattet. Die einzige Ausnahme bildeten die wenigen Auserwählten, die als Attachees in den Botschaften und manchen Konsulaten des Kombinats dienten. Bei ihnen handelte es sich aber ausschließlich um Mitglieder adliger Familien.

Und da er selbst aus einer einfachen Bauernfamilie stammte, waren seine Karriere und sein Aufstieg zum Oberst in einer halbwegs wichtigen Position schon als Wunder anzusehen, dass es in der SSK nicht allzu häufig gab.

Oberst Winduku zwang sich schließlich, sich von dem Anblick wegzureißen, um nicht von anderen Besuchern oder dem Personal als staunendes Kleinkind vor einem Süßigkeitenladen da zu stehen. Er straffte seine Gestalt, während er darüber nachdachte, wie fremdartig ihm wohl das Innere erscheinen würde, und setzte sich Richtung Eingangstür in Bewegung.

Winduku schritt auf die Eingangstüren zu und passierte sie mit präzisen militärischen Schritten, als ein Portier eine der Türhälften für ihn aufhielt. Dann bewegte er sich direkt zur Rezeption und versuchte die Innenausstattung des Foyers zu ignorieren. Es sah zwar alles recht fremd für ihn aus, aber einerseits war er enttäuscht. Normalerweise hätte der Oberst durch das Äußere des Gebäudes und die Geschichten, die er von Händlern über das Empire hörte, erwartete, im Innern von Luxus nahezu erschlagen zu werden.

Aber das war gar nicht der Fall. Es war zwar alles in einem sehr fremden Stil gehalten, der einem

Europäer oder jemandem aus dem Empire oder der Alliance als recht häuslich und normal erschienen wäre, aber all die Holztäfelungen und gepolsterten Sitzmöbel in der Halle kamen dem Oberst ziemlich dezent vor.

Aber der Oberst hatte einen Auftrag, den er auch zu erfüllen, gedachte und daher ging er direkt zur Rezeption und erkundigte sich nach seinem Gesprächspartner, als ihn die Dame an der Rezeption freundlich anlächelte.

„Ich bin Oberst Winduku. Bitte melden Sie dem Prinzen, dass ich ihn sprechen möchte. Er erwartet mich."

Die Dame hinter der Rezeption behielt ihr Lächeln zwar bei, aber in ihren Augen zeigte sich Verwirrung.

„Den Prinzen? Es tut mir leid, Herr Oberst, aber wir haben keinen Prinzen zu Gast in unserem Haus."

Jetzt war es an Winduku, verwirrt zu sein. Aber er erholte sich rasch.

„Prinz Berger muss hier residieren, das hat er selbst gesagt."

Die Empfangsdame tippte etwas in ihrem Computer ein und blickte dann wieder auf.

„Wir haben einen Kapitän Berger unter unseren Gästen, aber keinen Prinzen."

Jetzt war der Oberst wirklich etwas durcheinander. Da immer noch der Verdacht eines absichtlichen Angriffs auf das Schiff des Prinzen bestand, machte es zwar Sinn, gewisse Sicherheitsvorkehrungen zu treffen, aber so etwas fand er auf einem befreundeten Planeten und dazu noch in einem von eigenen Patrioten geführten Hotel für mehr als übertrieben.

Aber er schüttelte nur den Kopf und schob seine Gedanken beiseite. Sollte der Prinz doch machen, was er für richtig hielt.

„Dann melden Sie mich bitte bei Kapitän Berger an."

* * *

Wenige Minuten später saß der Oberst zusammen mit Kapitän Berger und seinen Offizieren im Wohnzimmer der Suite, die der Kapitän für die Dauer seines Aufenthaltes angemietet hatte. Berger hatte sich für die Suite entschieden, da sie über mehrere Schlafzimmer verfügte und er mehr Zeit mit seinen Offizieren verbringen konnte, um die Situation zu besprechen, während der Rest der Crew, sich um das Schiff und die Reparaturen kümmern konnten. Jetzt warteten alle gespannt, welche Ergebnisse der Untersuchungen ihnen der Oberst der SSK ihnen jetzt mitteilen würde.

In den letzten Tagen hatte Fuldner den Beamten des Gouverneurs die Daten des Gefechts und schließlich auch die Aussagen aller Crewmitglieder übergeben und die Leute des Obersten hatten sich sofort an die Arbeit gemacht und Informationen von allen möglichen Stellen eingeholt.

Und da jetzt der Oberst, der die Untersuchungen geleitet hatte, bei ihnen aufgetaucht war, rechneten alle mit Ergebnissen.

Berger kam auch sofort auf das Thema zu sprechen, ohne sich mit vorherigen Floskeln aufzuhalten.

„Nun, Herr Oberst, was haben ihre Untersuchungen bezüglich des Zwischenfalls ergeben?"

Winduku setzte sich in seinem Sessel gerade hin und antwortete.

„Hoheit, lassen Sie mich bitte zuerst kurz einiges zum Ablauf der Untersuchungen sagen."

Als Alex Berger nickte fuhr er fort.

„Meine Leute haben Ihre Daten analysiert und die Aussagen Ihrer Crew mit den Sensordaten verglichen. Außerdem habe ich mehrere Anfragen bezüglich von Piratenaktivitäten im Oblivion-System an mein Oberkommando gerichtet."

Der Adjutant des Gouverneurs räusperte sich kurz.

„Diese Anfragen bestätigten meine Aussagen vom Abend des Balls. Es gab und gibt keine größeren Piratenaktivitäten mehr in diesem Gebiet, seit unsere Flotte die Gegend gesäubert hat. Das gibt uns nur leider nicht die Sicherheit auszuschließen, dass ein einzelner Pirat sich nicht doch noch in dieses Gebiet wagen würde. Andererseits gab es keinen Funkkontakt ihres Schiffes mit den Angreifern, der uns ein Motiv für einen gezielten Angriff liefern würde. Und die Konfiguration des Schiffes war nicht so ungewöhnlich, um daraus auf seine Herkunft schließen zu lassen."

Jetzt blickte der Oberst etwas betreten nach unten.

„Leider muss ich Ihnen mitteilen, Hoheit, dass wir trotz aller Bemühungen zu keinem eindeutigen Ergebnis kommen konnten. Wir können immer noch keine der beiden Alternativen ausschließen."

Er machte eine kurze Pause und fuhr dann etwas sicherer fort.

„Das Einzige, was uns ansonsten noch verblüfft hat, war das Auftauchen der *Khalid* so kurz nach Ihnen, obwohl sie ebenfalls von der *Desiderios* kamen. Eigentlich liegen ja längere Pausen zwischen den Abflugzeiten von Schiffen in dieselbe Richtung, aber das scheint nach unsere Untersuchung auch nur ein Zufall zu sein."

„Zum Glück", warf Serena Mastersen in den Raum.

„Sonst wären wir nur noch Raumschrott."

Die anderen Mitglieder der Crew stimmten ihr lauthals zu.

Als es wieder etwas ruhiger war, ergriff Berger wieder das Wort, wenn auch etwas niedergeschlagen Angesichts der Nachrichten.

„Auch wenn die Untersuchung nichts ergeben hat, danken wir Ihnen trotzdem, Herr Oberst. Sie haben alles Ihnen mögliche getan. Wir müssen jetzt halt die Augen etwas weiter offen halten, aber wir machen dann wohl weiter wie bisher."

Er holte einmal kurz tief Luft und lächelte den Offizier vor ihm dann an.

„Bitte richten Sie auch dem Gouverneur unseren Dank für seine Mühen aus. Ich würde es selbst tun, aber unser Schiff ist fast flugbereit und wir starten morgen früh."

* * *

Am nächsten Morgen waren alle wieder an Bord der *Errant Vender*. Alex hatte zwar, wie seine Offiziere, nicht allzu viel Schlaf bekommen, da sie nach dem Abschied des Obersten noch viel über die Situation diskutiert hatten, aber er war froh, endlich wieder an Bord seines Schiffes zu sein und ins All aufzubrechen.

Durch das Brückenfenster konnte er das rege Treiben auf der Landfläche rund um alle Schiffe beobachten. Die letzten Ladefahrzeuge, die die Fracht für ihr nächstes Ziel, den Planeten Corvis Minor in der Serpentia Vereinigung, brachten, waren bereits auf dem Weg zum Frachthangar seines Schiffes. Die Arbeiten würden innerhalb kürzester Zeit abgeschlossen sein.

Der *Errant Vender* waren die Schäden der vergangenen Schlacht nicht einmal mehr anzusehen. Die Techs des Reparaturdocks hatten ganze Arbeit geleistet, was aber wahrscheinlich auch der Tatsache zu verdanken war, das Ingenieur Martinez und seine BordTechs die Arbeiter des Docks keine fünf Minuten in Ruhe gelassen hatten.

Jede noch so kleine Verzögerung oder Schlamperei war augenblicklich mit einer der üblichen Schimpfkanonaden Martinez´ bedacht worden. Am Ende waren die Reparaturen dadurch sogar um einen ganzen Tag verkürzt worden, obwohl ganze Bordsysteme und riesige Sektionen der Hüllen-Panzerung ausgetauscht werden mussten. Die längste Zeit hatten aber die abschließenden Arbeiten an den Triebwerken beansprucht. Der

Hyperantrieb war zwar im Oblivion-System notdürftig repariert worden, aber die Gefechtsschäden waren so stark gewesen, dass es höchstens noch ein oder zwei weitere Sprünge überstanden hätte.

Daher musste der gesamte Antrieb ausgetauscht werden.

Als Berger vor wenigen Tagen diese Hiobsbotschaft erhalten hatte, war er zum ersten Mal seit langem wieder froh über seine Herkunft und den damit vorhandenen finanziellen Rückhalt, den er besaß. Für manch anderen Handelschiffkapitän hätten die benötigten finanziellen Mittel, die zur Reparatur sämtlicher Schäden an der *Vender* nötig waren, in den Ruin getrieben und zur Aufgabe gezwungen.

Berger hingegen war in der Lage, die Kosten ohne größere Schwierigkeiten zu tragen, auch ohne seiner Crew Gehaltseinbußen zumuten zu müssen. Aber gerade diese Tatsache wäre wieder ein gefundenes Fressen für seine Kritiker unter den Händlern des Reiches gewesen. Bei einigen von ihnen herrschte ein erhebliches Unverständnis darüber, dass ein Adliger, der es nicht nötig hatte und jeden Posten beim Militär oder der Verwaltung beanspruchen konnte, sich in ihre Geschäfte einmischte.

Einerseits warfen sie ihm vor, ihnen mit dem hervorheben seines Status´ die Kunden wegzunehmen und andererseits mache er sich einfach über sie lustig, weil er denke, er könne ohne ihre jahrelange Erfahrung in dem Geschäft mithalten.

Es entsprach zwar der Tatsache, dass die meisten der anderen Handelsschiffkapitäne sich mühsam durch die Ränge zu ihrem Posten hochgearbeitet hatte und damit über erhebliche Erfahrungen verfügten, aber Alex war bis zur Geburt seines Cousins ein Leben lang auf den Thron eines der mächtigsten Reiche vorbereitet worden.

Diese Ausbildung gab ihm auch ein großes Geschick im Umgang mit Handelspartnern. Denn das war eigentlich doch leichter, als sich mit hunderten von Adligen und Bürokraten herumzuschlagen, die nur auf ihren eigenen Vorteil bedacht waren, wie es ihm einmal zugedacht war.

Außerdem hatte er jetzt die Freiheit, sich eine Beschäftigung zu suchen, die ihm Spaß machte. In einem Punkt hatten seine Kritiker Recht, er brauchte sein Geld nicht auf diese Art zu verdienen, aber so hatte er eine Beschäftigung, die er für sich persönlich als sinnvoll ansah. Und ein Leben als Handelschiffkapitän war genau das, vor allem, da er in dieser Rolle nicht auf die zuvorkommende Haltung seiner Gegenüber durch seine glückliche Geburt als Berger hoffen konnte.

Er war damit größtenteils dem höfischen Leben entflohen, das ihm noch nie wirklich angenehm war. Daher war Alex seiner Crew auch mehr als dankbar, dass sie ihn „nur" als Kapitän betrachteten und ihn entsprechend behandelten.

Während er jetzt so als Kapitän an seinem Platz saß und die letzten Arbeiten beobachtete, wurden seine Gedankengänge vom Ersten Offizier unterbrochen.

„Kapitän, der Laderaum meldet, dass die Arbeiten noch eine gute halbe Stunde in Anspruch nehmen werden."

Mit einem Grinsen, das eigentlich eher unüblich war, fuhr er fort.

„Die Startvorbereitungen auf der Brücke sind abgeschlossen. Darf ich daher vorschlagen, dass wir uns die Zeit nehmen, die neuesten Nachrichten anzusehen, um auf dem Laufenden zu sein, es ist gerade die Zeit für UnCom."

Jetzt musste auch Berger grinsen. Fuldner war eigentlich sonst kein Freund dieser Nachrichten gewesen, da sie nicht von den offiziellen Kanälen des Empire stammten, aber anscheinend hatte er mittlerweile auch einen gewissen Hang zu UnCom entwickelt.

Berger hatte noch nicht einmal wirklich genickt, da hatte Ferraud auch schon den Sensorschirm aktiviert und die korrekte Frequenz eingestellt. Denn sofort erschien das UnCom Zeichen und kurz darauf das altbekannte Gesicht Tamara Ivanovas.

Die immer adrette und sehr korrekte Sprecherin der UnCom-Nachrichten sah heute allerdings etwas nervöser und nicht ganz so professionell aus wie sonst. Sie sortierte ziemlich nervös ihre Transplex-Unterlagen, bevor sie dann zu sprechen begann.

Guten Tag meine Damen und Herren. Unser heutiges Programm muss aufgrund aktueller Nachrichten umgestellt werden. Da wir im Anschluss an die Nachrichten eine Sondersendung zu aktuellen Ereignissen bringen werden, entfallen die angekündigten Magazine.

Sie räusperte sich kurz und fuhr augenblicklich fort, noch bevor, wie sonst üblich, Bilder zu den Nachrichten im Hintergrund zu sehen waren.

Kommen wir gleich zu den Geschehnissen, die die Umstellung unseres Programms verursacht haben.

In den Territorien der Oceania-Republik, genauer gesagt in der Stadt Perth und einigen anderen Teilen des australischen Festlands ist es heute zu Ausschreitungen gekommen.

Bei diesen Worten erschienen auch endlich Nachrichtenbilder im Hintergrund der Sendung. Die Brückenbesatzung der *Errant Vender* hielt bei dem, was zu sehen war, augenblicklich den Atem an.

Auf dem Sensorschirm der Brücke konnten alle jetzt Szenen einer Straßenschlacht betrachten, die sich in Perth abspielten. Einfache Bürger bewarfen die ihnen gegenüberstehenden Polizeikräfte der Republik mit Steinen und allem, was ihnen sonst so gerade in die Finger kam.

Die Ordnungskräfte hingegen gingen mit Gummiknüppeln und Wasserwerfern auf die aufgepeitschte Meute los.

Heute Morgen um Acht Uhr hatte all das mit Demonstrationen in mehreren Landesteilen begonnen.

Ivanova musste sich anscheinend zwingen, ihre Stimme emotionslos zu halten.

Die Demonstrationen richteten sich gegen das allgemeine Waffenverbot auf der Erde. Sie warfen der Regierung der Republik vor, sich von den anderen Reichen mit der Beteuerung, niemand dürfe Waffen auf die Erde bringen, einlullen zu lassen und ihre Bürger einem möglichen Aggressor schutzlos auszuliefern. Die Regierung erwiderte daraufhin, dass es sich nunmehr seit Jahrhunderten bewährt hatte, die

Erde zur Waffenfreien Zone zu erklären, und alle Reiche hätten sich daran gehalten.

Selbst die Polizeikräfte aller Reiche tragen auf der Erde keine Schusswaffen.

Ivanova reckte sich.

Was für den heutigen Tag, wie ich anmerken möchte, ein Glücksfall ist. Daher ist noch niemand ernsthaft verletzt worden.

Aber zurück. Die Demonstranten nahmen die Worte der Regierung nicht hin und begannen an mehreren Schauplätzen, die Demonstrationen zu chaotischen Straßenzügen ausarten zu lassen, die schließlich in Straßenschlachten endeten.

In Perth waren die Demonstranten bis zum Amtssitz des Gouverneurs der Oceania-Territorien der Erde marschiert und hatten sogar versucht, den Amtssitz zu stürmen.

Seitdem hat es sich an allen Schauplätzen zu heftigen Kämpfen zwischen den Demonstranten und den Ordnungskräften entwickelt, die mittlerweile sogar Wasserwerfer einsetzen, um die Massen auseinander zu bringen und die Anführer festzunehmen.

Die Bilder hinter Tamara wechselten mittlerweile durch verschieden australische Städte, die aber insgesamt alle die gleichen Bilder zeigten.

Die lokalen Regierungen der Republik haben verlautbaren lassen, dass sie allerdings damit rechnen, die Ordnung in Kürze wieder hergestellt zu haben.

Weitere Einzelheiten und Updates sehen sie in unsere Sondersendung im Anschluss an die weiteren Nachrichten.

Bei diesen Worten lehnte sich Berger zu Fuldner herüber.

„Wir sollten die UnCom-Nachrichten auf jeden Fall jetzt regelmäßig im Auge behalten. Sie wissen ja, dass wir von Corvis Minor zur Erde fliegen. Da möchte ich lieber wissen, ob uns noch mehr Überraschungen dieser Art erwarten."

Der Erste Offizier nickte.

„Werden wir, Kapitän, aber das ist Australien und wir fliegen nach Baku in die Freihandelszone, das ist ja ziemlich weit weg davon."

Der fliegende Händler –

Aus dem Schatten des Löwen

Im Buchhandel und in Onlinebuchshops

erhältlich